# 雨の魔女と灰公爵

～白薔薇が咲かないグラウオール邸の秘密～

吉倉史麻

23881

角川ビーンズ文庫

CONTENTS



ame no majo to
haikoushaku

presented by
Yoshikura Shima

# 雨の魔女と灰公爵

～白薔薇が咲かないグラウオール邸の秘密～

## 登場人物紹介

**リル・アレクシア**

亡くなった先代から《雨の魔女アレクシア》を引き継ぐ。エクター領の養護院出身。

**レオラート・エルヴァイン・グラウオール**

エクター領の領主。領民から親愛を込めて『灰公爵様』と呼ばれる。

**フレデポルト**

アストリット王国現国王。初代国王の曾孫にあたる。レオラートとは【トット・アカデミー】時代からの友人。

**ラフィレン・オルバートン**

伯爵家の気ままな三男。『ラフィレン・ペルニー』という筆名で小説家をしている。

**当代の《騎士の魔女リカルダ》**

フレデポルトに仕える。自信家で高慢なところがある。

**当代の《石の魔女マクシーネ》**

西の鉱山に住む。代替わりして60年以上経つ。

《王の魔女ベアトリクス》
元は《夢見の魔女》と呼ばれていた。のちに王妃となった。
《雨の魔女アレクシア》
天候を操るほどと謳われた魔女。建国後は郊外に引きこもった。
バルトルト
アストリット王国を建国した初代国王。その際、四人の魔女の力を借りる。

初代国王と建国四人の魔女
《騎士の魔女リカルダ》
王家に忠誠を誓い、騎士となった。
《石の魔女マクシーネ》
錬金術に長け、建国後は研究に没頭した。

本文イラスト／すどうみつき

この物語を上梓《じょうし》するにあたって、尽力《じんりょく》してくれた人々に心から感謝の気持ちを伝えたい。

百年の禁忌《きんき》を破ってくれたフレデポルト王に。

インクまみれの原稿《げんこう》を救ってくれた乳母《めのと》ミモザに。

友人レオと愛らしい魔女《まじょ》に。すべてに感謝を。

――ラフィレン・ペルニー

# 第一話

今年、建国百周年を迎《むか》えるアストリット王国。

百年前――白薔薇《しろばら》と平和を愛した初代国王バルトルトは四人の魔女を従えて国土《ウィズリー》を統一した。

魔女のひとりは王の妃《きさき》となった《王の魔女ベアトリクス》、もうひとりの魔女は王家に末代までの忠誠を誓《ちか》って騎士《きし》となった《騎士の魔女リカルダ》。

残りのふたり――ひとりは錬金術《れんきんじゅつ》に長《た》け、西の鉱脈の権利を得たあと研究に没頭《ぼっとう》した《石の魔女マクシーネ》。

最後のひとりは四人の魔女のなかで、もっとも魔力が強く、天候を操《あやつ》るほどだと謳《うた》われたが、もう疲《つか》れたと言い残し、郊外《こうがい》にひきこもってしまった《雨の魔女アレクシア》。

それから百年の歳月が流れ、魔女たちも代替《だいが》わりをしたが、奇《く》しくも最後まで生きた雨の魔女アレクシアが百二十六歳でこの世を去ったという――これが昨年の話である。

しとしとと、傘《かさ》を手放せない小雨がアストリット王国に降りつづいていた。

この日、石畳《いしだたみ》の街を抜《ぬ》け、郊外へ向かう馬車が一台。しだいに車道は石の敷《し》かれていない悪路となり、揺《ゆ》れがひどくなっていた。

「閣下、本当の本当の本当に向かわれるのですか？」

大きく揺れる馬車のなか、ハンチング帽《ぼう》を握《にぎ》りしめたザシャが不安げに顔をあげた。

貴人の従者を務める彼は目がどんぐりのように丸く、童顔だ。声色《こわいろ》は明快で、小柄《こがら》ながら腕《うで》も立つ。

だが、今日はずいぶん身をちぢこませて客車の片隅《かたすみ》にちんまりと座る。そのザシャの対面に座る主人――レオラート・エルヴァイン・グラウオールは「当たり前だ。ここまで来て引き返してどうする」とそっけなく言った。

「いやしかし、《魔女》だなんて、聞くだけで恐《おそ》ろしくありませんか」

「さぁ、私はそうは思わないが」

「俺は恐ろしいです……」

ザシャの声がわかりやすく震《ふる》えている。

「だから今日はついてこなくていいと言っただろう」

「そ、そんな、俺が恐ろしいからといって、閣下おひとりで行かせるわけには……」

ハンチング帽を握る手に力がこもり、どんぐり眼《まなこ》の顔がこわばった。ザシャに「閣下」

と呼ばれるレオラートは――アストリット王国・東に位置するエクター領の領主であることから『エクター公』、または『灰公爵《はいこうしゃく》』という通り名で知られる。

ふたたび、馬車が沈《しず》むように揺れた。ガタン、と大きく右に揺らいで「ひぃい」とザシャが悲鳴をあげたところで、

「着いたようだ」

レオラートが窓に視線を向けた。

「《雨の魔女》が怖《こわ》いなら、ここで待っといい」

初老の御者《ぎょしゃ》が外からドアを開け、レオラートに傘を差しかける。ぐん、と一度かたむいた客車にザシャは我に返るよう目を見開くと、

「おおお、お伴《とも》いたしますよっ」と自身も馬車から飛び降りた。

霞《かすみ》のような薄《うす》い霧《きり》が辺りにたちこめている。青々とした草木が曇天《どんてん》に向かって伸《の》びる一方、足元がぬかるんで泥《どろ》があちこちに飛び跳《は》ねていた。

「まったく、鬱陶《うっとう》しい雨ですね。ここ最近、止《や》んだと思ったらまた降ってきての繰《く》り返しじゃないですか」

水害が起こらないだけマシですがね、いったいぜんたい、どうしてこんなにも雨の日が多いんだか……、とザシャがブツブツと呪文《じゅもん》のようにつぶやく隣《となり》で、レオラートは行く手

に目を細める。

木枠《きわく》で造られた簡易な塀《へい》の向こう側、たおやかに咲《さ》く白薔薇が見える。晴れた日ならさぞ見事な景色だろうと思うほどに群生し、庭一面を埋《う》め尽《つ》くしていた。爽《さわ》やかな甘い香《かお》りが雨の匂《にお》いに混じって漂《ただよ》うなか、レオラートは白薔薇の奥にあるちいさな家に目を留める。

もとは青く塗装《とそう》されていたのだろうが、色褪《いろあ》せ、雨どいが屋根から外れていた。

視線をその青い家に定めたまま、レオラートは足を進め、塀の切れ目から庭に入った。

「か、閣下……」とザシャの声が後から追いかけてきたところで、

「あ、人がいます」

ザシャが前方を指差した。レオラートが目をこらすと、白薔薇の向こう、家のすぐそばで——水色の傘が揺れている。褪せた青い家のまえに水色の傘。目のいいザシャでなかったら気づけなかっただろう。女だろうか、長い金色の髪《かみ》が傘からのぞいて見えた。

「閣下、あの人に話を訊《き》いてきましょうか」

「恐ろしかったのではないのか？」

「あれはどう見ても若い女でしょう。魔女っていうのは、もっとこう……黒くってギョロ目の口裂《くちさ》け婆《ばあ》さんみたいな……」

ザシャはおおげさな身ぶり手ぶりで、自身の想像する《魔女》をレオラートに説明すると、

「とにかく、あの人に話を訊いてみます」と、白薔薇の合間を縫《ぬ》って水色の傘に近づいた。

ひとこと、ふたこと——ふたりが会話しているところにレオラートも近づくと、

「……わたしが『アレクシア』ですが」という、涼《すず》やかな女の声が聞こえてきた。

シュッとマッチを擦《す》って、暗い室内にオレンジ色の火が灯《とも》る。

テーブルのうえの燭台《しょくだい》に火を移せば、煙《けむり》の匂いが薄く鼻先に漂った。

「ご用件は？　……とは言っても、最近はほとんどお断りしているのですが」

外で『アレクシア』と名乗った女は、部屋の入り口に立ったレオラートとザシャをふり返る。

金色の髪が背中のなかほどまで伸ばされていて、蠟燭《ろうそく》の灯《あか》りだけでは表情がうかがい知れない。肌《はだ》を隠《かく》すように首元まである黒色の衣服に黒のグローブ。刺繡《ししゅう》や装飾品《そうしょくひん》などはなく、いたってシンプルな装いだ。髪の量は豊富だが、顔はちいさく、華奢《きゃしゃ》な身体《からだ》つきをしていた。子どものようにも大人のようにも見え——不老と噂《うわさ》のある魔女の年齢《ねんれい》は見た目ではわからないが。

前髪の奥の瞳《ひとみ》は青く、こちらを見ているようで、視線がどこにあるのかわからなかった。

レオラートは灰色の眼で女を眺《なが》めると、

「私の名はレオラート。《雨の魔女アレクシア》にこちらのネックレスの贈《おく》り主を捜《さが》してもらいたく、今日は訪ねた」

ジャケットの内ポケットから真鍮《しんちゅう》のネックレスをとりだすと、蠟燭の火が灯るテーブルのうえにそっと置いた。フクロウのモチーフが付いたもので、シャラン、と金属の冷たい音がなる。

「持ち主は私の姉エレノア。――三年前に亡《な》くなっている」

レオラートの声は淡々《たんたん》としていた。『灰公爵』という異名の由来となった灰色の瞳に蠟燭の灯りが映る。オレンジ色に染まった端整《たんせい》な顔立ちと上品な佇《たたず》まいは、王都の社交界においても一目置かれる存在だった。

「姉にこのネックレスを贈った主を捜したい」

レオラートが言葉をつづけると、一度はネックレスに視線を向けた《雨の魔女《まじょ》》だったが、すぐさま、「お断りします」と声を落とした。

「わたしには捜すことはできません。お引き取りを」

「なぜ？」

間髪《かんはつ》をいれずに問い返したレオラートに、金色の髪をした女は前髪で表情を隠したまま、

「なぜと言われても。失礼ですが、『灰公爵様』――いいえ、エクター公でいらっしゃいますよね」

「……ああ」

レオラートはちらりと目だけで女を見た。名は名乗ったものの、今日は自身の身分を明

かす物をなにひとつ身につけていない。黒のシンプルなジャケットに雨よけのレインコート。タイはしていないし、紋章《もんしょう》の入った懐中時計《かいちゅうどけい》も屋敷《やしき》に置いてきた。

女はレオラートの視線に気づいているのかいないのか、

「名のある公爵様が魔女に頼《たの》みごとなんて……誰《だれ》かに知られれば笑われてしまいますよ」

「笑われたところで、なにが減るわけでもない」

レオラートは鷹揚《おうよう》に言った。

「エクター公の名声でもってすれば、それこそ王都中を捜せますよね？」

「それはしたくないから、ここに来ている」

もっともな言い分だった。金髪《きんぱつ》の女は一瞬《いっしゅん》、ひるんだ様子をみせたが、

「……依頼《いらい》はお受けできません」

一段と声を低くした。「お、おい、ここまでいらっしゃった閣下に失礼だろ！」と、うしろに控《ひか》えたザシャが非難の声をあげたが、レオラートが手で制止する。

「では、どうすれば引き受けてもらえる？」

「……」

レオラートからのまっすぐな問いかけに女は黙《だま》りこくった。ぐっとちいさな顎《あご》をひく仕草から、この黒ずくめの女は意外と年若いのではないかとレオラートは推測した。

彼女の背面に目をやれば、一枚の絵画が壁《かべ》に掛《か》けられている。錆《さ》びついたブリキのバケ

ツに雨漏《あまも》りの水がポタリ、ポタリ、と落ちるこのあばら家に似合わず、豪勢《ごうせい》な額縁《がくぶち》に入れられていた。王冠《おうかん》を頭にいただいた王を囲んで四人の女が並び立つ——初代国王バルトルトと建国四人の魔女を描《えが》いたものだ。

——王家に対する忠誠心はまだあるとみていいのか。

レオラートが視線を女に戻《もど》したところ、長く伸ばされた前髪の奥の瞳と目がかちあった。女はハッとした様子ですぐさま顔をそらす。

「……とにかくお引き取りを。あなたからの依頼はお受けできません」

「どうしてもか？」

「ええ」

レオラートはしばらく女を見据《みす》えたあと、テーブルに置いたネックレスをジャケットの内ポケットに戻し、「今日のところは失礼する」と踵《きびす》を返した。

「か、閣下！　あれが魔女ですか!?　ただの無礼な女じゃないですかっ」

「……」

「閣下の頼みを断るだなんて、あの女、まったくなにを考えてるんだっ。きっと偽者《にせもの》ですよっ。魔女っていうのはね、もっとこう……黒くってギョロ目の口裂け婆さんみたいな……」

ねぇ閣下もそう思いませんか！　とザシャがひとしきり悪態をついたところで、「《雨の魔女アレクシア》は代替《だいが》わりをしたばかりだ」とレオラートは静かに告げた。

馬車での帰り道、朝から降りつづいた雨は止《や》んでいた。雲の合間から薄陽《うすび》が射し、客車のなかは蒸《む》し暑い。

レインコートを脱《ぬ》いだレオラートは、

「魔女の力は一代限り。遺伝はしないそうだ」

窓の外の景色を見ながら、つと、口を開く。

「遺伝はしない？　それじゃあ代替わりってどういう……」

「どこかで生まれた赤子が女で、魔力《まりよく》が備わっているとわかったとき、魔女が後継《こうけい》として迎《むか》え入れるのだ」

淡々とした様子で言葉をつづけたレオラートに、ザシャは首をひねった。「ってことは、あの女……」

「《雨の魔女アレクシア》を継《つ》ぎし者——後継者と言われているが」

レオラートは椅子《いす》に凭《もた》れたまま、外の景色を眺める。

——この天候不順は《雨の魔女》たる彼女の仕業《しわざ》かと思ったが……。

一週間前――

「エクター公、折り入って頼みがある」

王都エペの北に位置するグラウス城。初代国王バルトルトの曾孫《ひまご》にあたる現国王フレデポルトが住まう居城だ。

「君の口の堅《かた》さと誠実さを私は買っている」

「それで、ご用命は？」

王の執務室《しつむ》――側近さえも下がらせた部屋に王が公爵《こうしゃく》と重厚《じゅうこう》な机を挟《はさ》んで向かいあう。

「《雨の魔女》は知っているか？」

フレデポルト王の問いかけにレオラートはわずかに沈黙《ちんもく》し、「……建国史で習った範囲《はんい》では」と答えた。

「そう、建国四人の魔女のひとり《雨の魔女アレクシア》」

……その彼女が昨年亡くなったらしい、とフレデポルトはつづけた。

「亡くなった？　むしろ、昨年まで存命だったのですか？」

いつも冷静沈着《ちんちゃく》なレオラートが意外そうな声をあげる。アストリット王国は今年で建国百周年――つまりは魔女も百年以上もまえの人物となる。

フレデポルトはうなずいた。

「そう、他《ほか》の三人の魔女……君も知ってのとおり、《騎士《きし》の魔女リカルダ》と《石の魔女マクシーネ》、このふたりは亡くなるまえに後継者を指名していたが、曾祖母《そうそぼ》である《王の魔女ベアトリクス》は一代限りで魔女の継承《けいしょう》はしなかった」

《雨の魔女アレクシア》も長らくひとりきりだったようだが……どうやら晩年に後継者を指名し、この世を去ったらしい、とフレデポルトは椅子から立ち上がった。雨が打ちつける窓へ身をよせると、

「以来、この不安定な天候だ。継承がうまくいかなかったのか、それとも、新しい《雨の魔女》が故意に天候を左右させているのか……」

レオラートも窓辺により、フレデポルトとともに窓から曇天《どんてん》を眺める。分厚い雲がたれこめ、昼間だというのに薄暗《うすぐら》い。

「雨の魔女アレクシアはかわらず郊外《こうがい》に住んでいる」

「私に探《さぐ》ってこい、と?」

「さすがレオ。話が早い」

赤い髪《かみ》をしたフレデポルトは満足そうに笑《え》みを浮《う》かべた。

今年二十五歳を迎える若き王とのつき合いは、王侯《おうこう》貴族専用の教育機関【トット・アカデミー】時代にまでさかのぼる。

友人だったふたりは、いまや王と臣民公爵となった。互《たが》いに背負うものも失えないもの

も増え、それ相応に歳も重ねてきた。

そのフレデポルトが、

「グラウオール家と魔女《まじょ》の縁《えん》は切っても切れないもの。そうだろう？」と意味深に微笑《ほほえ》む。

王の執務室の壁にはひときわ大きな絵画が掛けられており、百年前の統一戦争直後の様子が描かれている。馬に乗った初代国王バルトルトが王旗を掲《かか》げ、民衆がそれを讃《たた》える光景だ。

バルトルトのそばには、のちの王妃《おうひ》となる《王の魔女ベアトリクス》の姿が見える。

このころからふたりは特別な関係だったのだろうか。ベアトリクスの視線はバルトルトに注がれ、ふたりを祝福するかのように天使たちが空から舞《ま》いおりる。

「……」

無言のまま、レオラートは目を絵画から窓に戻した。雨足はいっこうに弱まることなく、石造りの城壁《じょうへき》に打ちつけ、水路の向こうの木々を冷たく濡《ぬ》らしている。


真鍮《しんちゅう》の剪定《せんてい》バサミがパチン、パチン、と音を立てていた。

再度庭に出て、白薔薇《しろばら》を摘《つ》みなおしてきた――リル・アレクシアは薔薇の棘《とげ》が手に刺《さ》さらないよう、ハサミで丁寧《ていねい》に取り除いている。

——明日《あした》はせっかく街まで行くんだから三十本は売りたい。

薔薇が売れたお金でパンを買って、それからマドレーヌとはちみつも……と思いながら視線をあげると、さきほど訪ねてきたレオラートがネックレスを置いた場所が目についた。

——まさか……領主様が訪ねてくるなんて。

リルは複雑な表情を浮かべ、真鍮のハサミをテーブルのうえに置いた。ゴトン、という重い音とともに苦い感情が胸のなかにひろがる。

——領主様ともあろう方がどうして魔女に頼《たの》みごとなんか……。

テーブルの隅《すみ》をじっと見つめたリル。今年、十七歳となる彼女は地方の養護院で育ち、九歳でこの家にやってきた。

《雨の魔女アレクシア》の後継として生き、先代のアレクシアが亡《な》くなったいまでも、当時の記憶《きおく》はあざやかに残る。

迷うような表情を見せたリルは背面の壁《かべ》をふり返った。金色の額縁《がくぶち》に入れられた一枚の絵画には、リルの人生を大きく変えた師の姿が描《えが》かれている。

髭《ひげ》を蓄《たくわ》えた王のうしろ——いちばん右端《みぎはし》、控《ひか》えめな出で立ちで描かれた魔女がリルの師である《雨の魔女アレクシア》。

リルに魔法《まほう》のいろはを教えてくれた偉大《いだい》なる魔女だが、昨年、眠《ねむ》るように息をひきとった。以来、リルはひとりでこのあばら家に住んでいる。

「……明日は街に薔薇を売りに行ってきますね。ミス・アレクシアが好きだったマドレーヌも買ってきますから」

リルは絵画に向かって話しかけ、テーブルのうえの白薔薇を錆《さ》びたブリキのバケツに入れた。

ぽちゃん、と水のはねる音がやけに耳に残る。

翌日、リルが街に着くころには太陽が雲間から顔を出す。

西の鉱山から切り出された斑岩《ポーフィリー》が敷《し》き詰《つ》められた王都エペ。赤褐色《せっかっしょく》と灰色が交じる石畳《いしだたみ》を夏を予感させる陽射しがジリッと照りつける。朝まで残った雨が輝《かがや》きを放つなか、空を映す水たまりのうえを優雅《ゆうが》に闊歩《かっぽ》する馬。見目麗《みめうるわ》しく着飾《きかざ》った人々が街に彩《いろど》りを添《そ》えている。

街角にはテラスのあるカフェが賑《にぎ》わい、きらびやかな宝飾店《ほうしょく》が軒《のき》を連ねる。甘い香《かお》りのただようベーカリーの先には熟《う》れた果実を並べる高級果物店があり、イチゴを彷彿《ほうふつ》とさせる赤い薔薇のモニュメントが店の入り口に飾られていた。

──あいかわらず人が多い……！

緊張《きんちょう》のあまり顔をこわばらせたリルは、ごくん、と唾《つば》を飲む。群衆を縫《ぬ》うようにそろそろと歩きだせば、目指すは噴水《ふんすい》広場に面する青いオーニングテントが目印のフラワーショップ【パウラ・ポウラ】。

リルの服装は襟《えり》の詰まった黒のドレスに黒のショート手袋《てぶくろ》。帽子《ぼうし》も黒で、黒いリボンがあしらわれている。

リルとすれ違《ちが》った人は、一度、視線で追ってから、ぷ、とちいさく吹《ふ》きだした。「あんな格好でよくこの王都エペを歩けるわね」と誰《だれ》ともなくささやく。

「ぷっ。いまどき黒ずくめだなんて、童話で読んだ魔女みたい」

「魔女だって？　グラウス城にいる《騎士の魔女リカルダ》かい？」

「ははっ！　リカルダはあんな格好はしないさ。いつもグリーンの外套《がいとう》に銀色の甲冑《かっちゅう》を身につけていて、魔獣《まじゅう》も切り裂《さ》く剣《けん》を携《たずさ》えているらしい」

「あんなカラスのような女が魔女であるはずがない」

大きく嘲笑《あざわら》う声はリルの耳にも届いている。

——街には嫌《いや》な人が多いって本当ね、ミス・アレクシア。

黒のドレスのなかに入れこんだネックレスを布越《ご》しにさわり、べっと舌を出したリルは歩調を緩《ゆる》めず、ずんずん歩いた。この丹誠《たんせい》こめて育てた白薔薇さえ売れれば街になんか用はない。胸に抱《かか》えた白薔薇をぎゅっと抱《だ》きしめる。

「【パウラ・ポウラ】はお得意様だから、きっと大丈夫《だいじょうぶ》」

さくらんぼ色の唇《くちびる》を引き結んで、自分を奮い立たせるようにリルはうなずいた。

その想《おも》いはあっさり消え去ることになるとも知らずに。


「──白薔薇ねぇ。最近は赤や黄色の薔薇のほうが人気なんだよ」

目にもあざやかなワインレッドのドレスを着た──女主人パウラが溜息《ためいき》をこぼした。

「建国祭に向けてあちこちから薔薇は集まってきてるし……これっぽっち買い取ったってね」

「白薔薇だけですが三十本はあります」

「三十？　うちは買い取りの場合、最小単位は百からだよ」

「ひゃ、百？　でも、まえに売りに来たときは三十本でも買ってくれましたよね？」

前髪《まえがみ》の奥の瞳《ひとみ》を丸くさせたリルが食い下がると、

「ああ、それはポウラのほうだね。私の双子《ふたご》の妹」

「え」

「あのこ、足を痛めちゃって、しばらくは店に出ないよ」

まったく、年甲斐《としがい》もなく踏《ふ》み台に乗って高いところのものなんて取ろうとするから……、
とあきれたようにパウラが息を吐《は》いた。

リルはワインレッドのドレスを着た女主人パウラをじっと見上げる。以前の女主人──

ポウラと背格好はまったく一緒《いっしょ》。栗色《くりいろ》の髪を結《ゆ》い上げ、背丈《せたけ》も身幅《みはば》も大きい。でも、たしかに以前会ったときには目の下にほくろはなかったし、爪《つめ》にマニキュアも塗《ぬ》っていなかった。ワインレッドのドレスでもなく、花を引き立たせるグリーンのドレスを着ていたように記憶する。

「お願いします。もう摘んでしまったから、持ち帰ってもあとは枯《か》れるしかないんです」

「そんなの知ったこっちゃないよ」

ポウラの双子の姉パウラは突《つ》き放すように言った。あっけにとられるリルのうしろから、「マダム、赤い薔薇はないかね」とステッキを手にした老年の紳士《しんし》が訊《たず》ねたので、「はぁい、お待ちを」とパウラの声が一段と明るくなる。

「ほら、早く帰ってちょうだいな。そんな格好で店先にいられちゃ営業妨害《ぼうがい》だよ」

リルの耳元で声を落としたパウラが乱暴にそばをすり抜《ぬ》ける。ドンと肩《かた》がぶつかって、リルの腕《うで》に抱えられた白薔薇がくしゃりと潰《つぶ》れる。棘も丁寧に取られていて、あとは花瓶《かびん》に挿《さ》すだけの白薔薇が。

「あのっ」

リルはとっさにパウラを引きとめようとし、いきおいよくふり返った。だが、足元に置かれていた鉢植《はちう》えに蹴《け》つまずいてしまう。錆びたブリキのバケツではなく、陶器《とうき》製の大きなものだ。

「あっ」

リルのちいさな悲鳴とともに、鉢植えに植えられたオリーブの苗木《なえぎ》が黒のドレスに引っかかってポキリと折れる。腕にあった白薔薇は床《ゆか》に散乱し、リルの黒い帽子も落ちてしまった。ボサボサの長い金髪《きんぱつ》がさらされ、転んでしまったリルに女主人パウラの目がキッとつりあがった。

「こっの物乞《ものご》いっ！　売り物の苗木を折るなんてっ！」

身幅の大きいパウラがリルの手から落ちた白薔薇を踏みにじる。ぐしゃ、ぐしゃ、と音を立て、店の奥にいた使用人に向かって「この女をうちの店に近づかないよう遠くへやってきなっ」と声を荒《あら》らげた。

来店した老年の紳士もパウラの迫力《はくりょく》に驚《おどろ》いて息をのみ、リルは唇を噛《か》んだ。

大事に育てた白薔薇が目のまえで踏まれてぐしゃぐしゃに——

「や、め……」

リルの青い瞳に涙《なみだ》がたまり、同時に、空がどこからともなく現れた厚い雲に覆《おお》われる。

さきほどまで、汗《あせ》ばむほどの陽射《ひざ》しが降り注いでいたというのに、街は嵐《あらし》のまえかと思うほど一気に暗くなった。

「やめてっ」

リルが悲痛な声をあげると、ぽつ、と大粒《おおつぶ》の雨が空からこぼれた。瞬《また》く間に雨足が強ま

る。「雨よ！」と街ゆく人が逃《に》げるように軒先《のきさき》に向かい、パウラがリルを忌々《いまいま》しそうに見下ろしていると、

「――白薔薇《しろばら》を買い求めたいのだが」

淡々《たんたん》とした声がふたりにかけられた。

「白薔薇を三十本。それから、そこのオリーブの苗木も」

怒《おこ》ったような驚いたような、複雑な表情を浮《う》かべたパウラがふり返ると、上品な仕立ての衣服に身を包んだ紳士が立っていた。きっちりと整えられた黒髪《くろかみ》に灰色の目をしていて、腰《こし》には銀色の懐中時計《かいちゅう》がさげられている。男がうしろに控えた従者に目配せをすると、ハンチング帽《ぼう》をかぶった青年が床に散らばった白薔薇を拾いはじめた。

「シドウ、マダムに支払《しはら》いを」

もうひとりの従者に命じると、丸眼鏡を掛《か》けた男が「は」と短く返事をして、棒立ちになったパウラに「マダム、オリーブの苗木はこれで足りますか」と金貨を一枚、手ににぎらせた。

「え……は、はいっ⁉」

ずしっと重い十万ノクト金貨。王都エペといえど、庶民《しょみん》がなかなか目にすることのない代物《しろもの》だ。

「ええ⁉　ええ、ええ、じゅ、十分ですともっ」

興奮のあまり顔を紅潮させたパウラにシドウはにっこりと笑《え》みを浮かべ、主人に向かって頭《こうべ》を垂れる。その横で、「閣下、白薔薇はすべて回収できました」とハンチング帽の従者──ザシャが主人レオラート・エルヴァイン・グラウオールを仰《あお》ぎ見ると、

「怪我《けが》は？　ドレスの袖《そで》がやぶれている」

ザアァアアという雨音を背に、レオラートは床にうずくまったリルに手をさしのべた。金色の長い髪に泥《どろ》と散ってしまった白薔薇の花びらがついている。レオラートがジャケットの内ポケットから出した白いハンカチでそれを拭《ぬぐ》ってやると、

「余計なことをしないで」

リルはレオラートの手を払《はら》いのけ、床に落ちた黒い帽子を拾い、すっくと立ち上がった。ぐいっと力任せに帽子をかぶり直し、ザシャに目をやると、彼が手にした無残な白薔薇を強引《ごういん》に取り戻《もど》そうとする。

「こ、これは閣下がお買い求めになるもので……」

「こんなに汚《きたな》くなった薔薇なんかいらないでしょ」

「ばか、シドウ様がいまさっき金貨を支払っただろ」

「わたしはまだ売ってないものっ」

「そそそそ、そんなこといまさら言うか⁉」

年齢《ねんれい》も背格好もよく似たふたりが、あーでもないこーでもないともめていると、「ザシ

ャ、オリーブの鉢植えを馬車に運んでくれ。シドウ、レディにも支払いを」とレオラートが言った。リルのふるまいに怒っているような様子はない。

「レディ、これで足りますか？」

リルの目のまえに丸眼鏡のシドウが金貨をさしだす。初代王妃《おうひ》である《王の魔女《まじょ》ベアトリクス》の肖像《しょうぞう》が彫《ほ》られた十万ノクト金貨。リルは眉根《まゆね》をよせて、複雑な表情を浮かべると、

「バカにしないで。わたしは物乞いではありません」

キッと鋭《するど》い瞳でシドウを睨《にら》みつけ、【パウラ・ポウラ】の店先を出た。白薔薇三十本の対価が十万ノクト金貨？　金持ちのお遊びか情けかは知らないが――あきれて物も言えない。

雨はかわらず降りつづいていたが、リルはかまわず石畳《いしだたみ》を歩いた。雨なんて慣れっこで、濡《ぬ》れたところでなんともない。

すぐ近くにレオラートが乗ってきたであろう立派な馬車が停《と》めてあった。リルが見上げるほど大きく、ドアにはエクター公であるグラウオール家の紋章《もんしょう》『荊《いばら》の蔓《つる》』が描《えが》かれている。対《つい》になって荊が伸《の》びる様は崇高《すうこう》な家門を表しているのだろう、他を寄せつけない刺々《とげとげ》しさと高貴さが漂《ただよ》う。

足を止めたリルは、それをじぃっと食い入るように見つめた。黒塗《くろぬ》りの扉《とびら》に金色で描か

れた紋章。おのずと眉《まゆ》をひそめる。

「……」

そこへ、追いかけてきたレオラートが「家まで送ろう」と背後から声をかけた。リルは馬車の紋章に目を留めたまま、

「……おいしそう」

「？」

思わず、なんのことだ？　と不思議に思ったレオラートがリルの顔をのぞきこめば、ぐぅうぅうう。

雨音に負けない、リルの大きな腹の音が鳴る。

「クロワッサンにミートパイ。アップルタルト、カスタードプディング、それからパウンドケーキとスコーンも」

ブルーベリージャムを多めに添《そ》えてくれ、とメニュー表に目を落としたレオラートが優《ゆう》雅《が》に口を開く。

「そ、そんなには……食べれません……」

「私が食べる」

レオラートがなに食わぬ様子で返し、テーブルの向かいに座ったリルは借りてきた猫《ねこ》の

ようにちいさくなった。あまりの空腹に耐《た》えかねて正常な判断力を失ってしまった。馬車に描かれたグラウオール家の紋章が、あろうことか焼き菓子《がし》に見えてしまっただなんて……。

すっかり身をちぢこませたリルに、

「レディ、レモネードは？　ここのは口当たりがいい」

主人、レモネードも追加してくれ、とレオラートが注文すれば、厨房《ちゅうぼう》から「まいどー」と声が返ってくる。

ここは街角のカフェテラス【サロン・ド・モニカ】。

雨が降りそそぐガラス張りの店内。甘い香《かお》りを漂わせて、赤いクロスが掛けられたテーブルにパンや焼き菓子たちがつぎつぎと並べられていく。涼《すず》しげな青いグラスに注がれたレモネードにははちみつ漬《づ》けされた輪切りのレモンが浮かんでいた。

「どうぞ、召《め》し上がれ」

レオラートにご馳走《ちそう》してもらう理由はどこにもないが、この喉《のど》から手が出そうな空腹にとても逆らえそうにない。リルは焼きたてのクロワッサンにそろりと手を伸ばし、ぱくりとかぶりつく。サクッとした皮目のパリパリ感がたまらない。口内にひろがる甘さと鼻に抜《ぬ》けるバターの香り。……おいしい。たまらなくおいしい。リルはひとくち食べると、つぎからつぎへと口に運んでしまう。

「ゆっくり食べたらいい。気に入ったものがあれば追加で注文する」

レモネードのグラスを傾《かたむ》けたレオラートはリルの様子を観察する。一心不乱になって食べるさまは猫……いや、まるで子犬に餌《えさ》を与《あた》えている気分だ。

「ここはマドレーヌもおいしい。帰りにテイクアウトするといい」

レオラートの提案にリルは上目だけでレオラートを見た。【パウラ・ポウラ】に現れたのは偶然《ぐうぜん》かもしれないが、十万ノクト金貨と、この盛大なもてなしの目的は例の依頼《いらい》をきいてもらいたいからだろうが……それにしてはずいぶんお金をかける。

――それほど成就《じょうじゅ》させたい願いなのかしら。

たしか、ネックレスの贈《おく》り主を捜《さが》してほしいとかなんとか……と、リルは口はもぐもぐと動かしたまま、テーブルに並べられた菓子を眺《なが》めていると、

「ではレディ。あの白薔薇《しろばら》は私が買ってもよろしいか？」

レオラートは四角いガラスの器《うつわ》で出されたカスタードプディングを大きなスプーンで取り分け、リルのまえに置いた。悪魔《あくま》のように甘い賄賂《わいろ》だった。ほろ苦く焦《こ》げたカラメルが黄色のプリンの下にひろがっていて、なんとも食欲《しょくよく》をそそる。

リルは『レディ』はやめてください」と口を尖《とが》らせる。

「ではなんと呼べば？『ミス・アレクシア』？」

カスタードプディングに釘《くぎ》づけのリルは、難しい顔をして思案すると、「……リル」と

ちいさく名乗った。

「『アレクシア』は先代の名で継承名《けいしょうめい》でもあります。リルがわたしの名前」

二度目に会って初めて――レオラートはこの魔女の娘《むすめ》と会話したような気になった。いま飲んでいるレモネードのように爽《さわ》やかで、心地《ここち》よい声だ。リルは銀の匙《さじ》を手にし、カスタードプディングをすくうと、「エクター公爵様。やはり、さきほどの白薔薇はわたしが持ち帰ります。あれでは売り物とは呼べませんから」

ぱくりと頬張《ほおば》ったリルにレオラートは「いや」と応じた。

「いや、あれでいい」

それから、私のことは「レオ」と呼んでくれ、とレオラートは言った。

「雨で客が少ないとはいえ、外で『エクター公』と呼ばれるとなにかと人が集まってしまう」

冗談《じょうだん》ともとれぬ口調でレオラートが話せば、リルは金髪《きんぱつ》の奥の瞳《ひとみ》でレオラートをまじまじと眺めた。

――エクター公。領主様。閣下。そして『灰公爵様《はいこうしやく》』……。

さまざまな名で呼ばれる彼が王都エペとはいえ、こんな街中で食事をするなんて――王族に匹敵《ひってき》するグラウオール家ならば、下々のまえに姿を晒《さら》すこと自体、ありえないのに。

――しかも得体もしれぬ魔女《まじょ》と一緒《いっしょ》だなんて……正気？

「私は庶子《しょし》でね」

訝《いぶか》しんだリルの視線に答えるように、レオラートは口を開く。

「屋敷《やしき》や城ではなく、たまにこうして街でうまいものが食いたくなる」

あえて言葉を崩《くず》したのだろうが、説得力に欠ける上品な物腰《ものごし》と整った顔立ちだった。そのレオラートがスコーンにブルーベリージャムをたっぷりとのせて口に運ぶ。食べ方までも絵になるほど綺麗《きれい》で──リルはたまらず視線を外した。


「馬車で送ろう」

【サロン・ド・モニカ】を出るとレオラートがリルの背に声をかけた。しかし、リルは首を横に振《ふ》る。

「いえ、乗り合いの荷車がありますので」

「荷車？　女性ひとりで？」

レオラートは怪訝《けげん》そうに眉《まゆ》をよせた。荷車とはその名のとおり、商人たちが荷を運ぶために郊外《こうがい》へ走らせている馬車で、屋根があるものは少ない。賃金を払《はら》えば人も乗せてもらえるが、積荷と同じ場所に乗り、雑多で、けっして乗り心地のよいものではなかった。

「来るときも荷車で来ましたし、平気ですよ」

リルがあっけらかんと話すと、レオラートはリルの姿を改めて見つめた。黒い帽子《ぼうし》に黒いドレス。肌《はだ》を露出《ろしゅつ》しないよう黒のショート手袋《てぶくろ》をはめた身なりは王都エペにおいてもかなり目立つ。

そのリルが足をとめて、じっと通りを眺めている。さきほどまでの雨が嘘《うそ》のように上がり、濡《ぬ》れた石畳《いしだたみ》のうえを大工や職人たちがあくせくと動き回っている。

「建国祭の準備だろう。街を騎馬《きば》隊と王侯《おうこう》貴族の馬車がパレードする」

大工たちが作った木製アーチに白のペンキが塗《ぬ》られている。同じような形をしたものがいくつも作られ、等間隔《とうかんかく》に並べられるようだ。

「初代国王は白薔薇を愛したと言われている。ああやって白く塗装《とそう》したもののうえから、初代王妃《おうひ》をあらわす赤い薔薇を飾《かざ》るのだろう」とレオラートが言った。

「お詳《くわ》しいんですね」

「建国史はアカデミーで嫌《いや》というほど習う。今年は百周年だから、規模も大きくなるだろう」

リルはレオラートの言葉を聞きながら、ペンキが塗られるアーチを見ていた。

──「白薔薇を愛した初代国王」と「初代王妃をあらわす赤い薔薇」。

リルが遠目に眺めていると、

「それで君は？　花売りにでもなりたいのか？」

リルの隣《となり》にレオラートが並び立った。リルが見上げるほど背が高いレオラートだが、不思議と威圧感《いあっかん》はない。

「白薔薇を売りに来るなんて……魔女への依頼は少ないのか？」

レオラートの問いかけに、リルは押し黙《だま》った。そして、「──少なくはないです。お断りしてるだけ」と答える。

「わたし、魔力《まりょく》が弱ってしまって魔法が使えないんです」

大きな掛《か》け声が交《か》わされる職人たちを眺めながらリルが言った。レオラートは訝《いぶか》しげにリルを見下ろす。

「ですから、領……いえ、あなたの依頼もお受けすることはできません」

ごめんなさい、とリルはレオラートの方に向きなおし、丁寧《ていねい》に頭を下げた。

「お菓子やパンはとてもおいしかったし、レモネードも初めて飲みました。でも、わたしではあなたの願いを叶《かな》えることはできない」

これはお返しします、とリルはさきほどシドウから手渡《てわた》された十万ノクト金貨をレオラートにさしだした。

険しい表情を浮《う》かべたレオラートがぐっと手に拳《こぶし》を握《にぎ》る。

──魔力が弱いというならば、なぜ、雨が降りつづく？

反射的に思ったが、レオラートは自制するように息をひとつ吐《は》き出した。「……それは白薔薇の代金だから」と金貨を受けとらなかった。

翌日――

郊外のあばら家でリルは薬草の調合をしている。

庭で白薔薇とは別に育てているカモミールやペパーミント、セージなどを摘《つ》み、刻んで、油紙のうえにひろげているところへ、にぎやかな来訪者があった。

「リルちゃんの薬草湿布《しっぷ》は打ち身によく効くから助かるわ。これ、朝焼いたパンとうちの鶏《にわとり》が産んだたまご。少ないけどお礼に」

「アンさん、いつもありがとうございます。今日は娘さんの薬湯はいりませんか？」

「ああ、それ！　リルちゃんの薬湯を飲むとぐっすり眠《ねむ》れて身体《からだ》が楽になるって」

「じゃ、いまある五包分、持って帰ります？」

「そんなにはお金がないの。パンとたまごだけじゃ申し訳ないし」

椅子《いす》に腰《こし》掛《か》けたアンが苦笑《くしょう》すれば、

「つぎに来たときでかまいませんよ」

「本当？　秋には畑で穫《と》れる豆をたくさん持ってくるからね」

近くに住む農家の婦人アンが嬉《うれ》しそうに椅子から立ち上がった。リルから分けてもらった薬草湿布とハーブの薬湯を入れた袋を手に玄関扉《げんかんとびら》へ向かう。

「それにしても、今日は朝から雨が降らなくていいね～」

今年ぐらい降ると洗濯物《せんたくもの》は乾《かわ》かないしパンにはカビが生えるし……まったく困ったもんだよ、とアンは溜息交《ためいきま》じりにドアノブを回した。

「じゃあ、またね！」と軽《かろ》やかに声を響《ひび》かせると、

アンが扉を開けてすぐ――庭先に男が立っていた。「わ！　びっくりした」とアンが目を丸くさせると、上品な身なりをした男は「これはマダム、驚《おどろ》かせてすまない」と脇《わき》に退《の》いて通り道をあける。綾織《あやお》りのしなやかな生地《きじ》で仕立てられたロングジャケットにシルクのアスコットタイ――田舎《いなか》では見かけない出《い》で立ちをした男をしげしげと眺《なが》めたアンは、うしろ髪《がみ》を引かれるようにしながらも、そそくさと帰っていく。

「失礼する」

そのアンに入れ替《か》わって、あばら家に入ってきたのはレオラートだ。昨日も見た顔にリルの眉がよる。厳密に言えば、昨夜、馬車で送ってもらって以来なので数時間ぶりだ。

「今日もなにか御用《ごよう》ですか？」

挨拶《あいさつ》もそこそこにリルは席を立った。古びた帳面に、いまアンに手渡した薬草湿布と薬湯の数を書き記し、使った羽根ペンを机に戻《もど》す。部屋は天窓から落ちる光だけだが、今日は陽射《ひざ》しがあるため燭台《しょくだい》に火を灯《とも》さずとも困らない。

レオラートはその様子を目に映しながら、

「花売り以外にも忙《いそが》しいのだな」

「生活をしていかないといけないので、それなりには」

アンにもらったパンとたまごが入ったバスケットを抱《かか》え、そっけなく返したリルの鼻先に、ふわっと甘い香《かお》りが届く。くん、と鼻を鳴らすと前髪《まえがみ》の奥の瞳が香りの発生源を探すようにさまよう。入り口に立つレオラートの手に茶色の紙袋《かみぶくろ》があった。

「昨日の【サロン・ド・モニカ】でマドレーヌを買ってきた」

ハーブが置かれたままのテーブルに紙袋をのせた。「焼きたてを買ってきたから、馬車のなかが甘い匂《にお》いでいっぱいだった」と加える。

「きょ、今日のご用件は……？」

唾《つば》をごくりと飲みこんだリルは、紙袋に目を縫《ぬ》い止めたまま問いかける。

「我慢《がまん》しなくていい。君への手土産《てみやげ》だ」

「い、いえ、昨日もご馳走《ちそう》していただきましたし、そんなには……」

口では断りの弁を唱えながらも、目は紙袋から外せない。く、と喉《のど》の奥で笑ったレオラートは紙袋を手にとり、丸いシールが貼《は》られていた封《ふう》を開けた。ますます甘い香りが濃《こ》くなる。

「君が食べないなら、私とザシャで食べてしまうが？」

「た、食べないとは言っていません！」

リルは胸に抱えたバスケットを隣にあるキッチンへ置きに走り、疾風《しっぷう》の如《ごと》く戻ってくると、マドレーヌが入った紙袋を両手にとった。想像以上にずっしりと重いそれは、リルにとって幸せの重さだ。紙袋のなかをのぞくと顔がほころぶ。

「レモネードは？　これも【サロン・ド・モニカ】で買ってきた」

レオラートのうしろに控《ひか》えていたザシャが細いガラス瓶《びん》を手にしている。「これは原液だそうだ。水で薄《うす》めて飲むものらしい」とレオラートが説明すると、リルはいきおいよく右手を上げてレオラートを制止した。

「待ってください！　そんなに一度においしいものはいただけません。小分けにして、何度も楽しまないとっ」

「？　昨日はあんなに食べていたじゃないか」

「あれはわたしにとって、百年に一度、あるかないかのことですから」

リルのおおげさな言い分にレオラートは小首をかしげた。わかるようでわからない娘《むすめ》だ。

「とにかく、今日のマドレーヌとレモネードは貴重な甘味ですから、小分けにしていただきます」

「……結局、食べるんだな？」

テーブルに散乱していたハーブ類を手早く片付けるリルをレオラートは眺める。

今日は帽子《ぼうし》をかぶらず、金色の長い髪《かみ》をたらした姿だったが、あいかわらずボサボサで前髪が表情を覆《おお》い隠《かく》している。黒のシンプルな服は似合っているのだろうが、住まう家は雨漏《あまも》りのするあばら家で、突風《とっぷう》が吹《ふ》けば飛ばされそうなほど頼《たよ》りない。

――城から恩給が出ているはずだが……？

灰色の眼《まなこ》で部屋に視線を巡《めぐ》らせたレオラート。

「それにしてもよかった。昨日、ミス・アレクシアのマドレーヌを買いそびれたから」

またキッチンに向かったかと思えば、リルは手にしたシルバープレートにマドレーヌを三つのせる。

「召《め》し上がれ、ミス・アレクシア」

リルが壁際《かべぎわ》にある小机のうえにシルバープレートをコトンと置いた。すでに白薔薇《しろばら》が活《い》けられた花瓶《かびん》と丸い眼鏡が置かれている。壁づたいに視線をあげれば――金色の額縁《がくぶち》に入れられた例の絵画だ。

レオラートのうしろに隠れていたザシャが「ひぃぃいい」と身体を仰《の》け反らせ、顔を青くさせている。

「どうした？」

「か、閣下……あれはきっと絵画のなかに、まだ魔女《まじょ》が生きてるんですよ……」

「どういう意味だ？」

「夜になると絵から出てきて、ムシャムシャってあのマドレーヌを食べるに決まってます……」

黒くってギョロ目の口裂《くちさ》け婆《ばあ》さんみたいに血を滴《したた》らして……、とザシャがまた同じようなことを言って、ひとりで震《ふる》えあがっていると、

「ミス・アレクシアは金色の髪ですよ」

目は切れ長でしたけど口は裂けてません、とリルは不服そうにザシャをふり返った。

「一番右端《みぎはし》の魔女がミス・アレクシアです」と絵画を指差す。レオラートは足を進め、絵画を近くで見ることにする。

中央の玉座に髭《ひげ》を蓄《たくわ》えたバルトルト王が座り、うしろに四人の魔女が並び立っている。

向かって左の恰幅《かっぷく》のよい魔女は《石の魔女マクシーネ》。錬金術《れんきんじゅつ》に長《た》けた彼女の功績は高く、【トット・アカデミー】で習う化学の教書の至るところで、彼女の名や肖像画《しょうぞうが》を見る。

そのマクシーネの隣《となり》は《騎士《きし》の魔女リカルダ》。噴《ふ》きあげる火山から引き抜《ぬ》いたと伝わる魔剣《まけん》を携《たずさ》え、髪を短くし、魔女でありながら侯爵《こうしゃく》という地位を手に入れている。

そして王のすぐうしろ、リカルダの隣が《王の魔女ベアトリクス》。のちの王妃《おうひ》である。赤い髪をしていて、やわらかな微笑《びしょう》をたたえている。

「彼女が……《雨の魔女アレクシア》？」

レオラートはリルが指差す魔女に目を細めた。「ええ」とリルはうなずく。

「わたしがここに来たときには髪は白毛になってましたけど、風貌《ふうぼう》にあまり変わりはない

です」

「……」

――違《ちが》う。

レオラートはとっさに胸のうちでつぶやいた。

【トット・アカデミー】で学んだ建国史に出てくる四人の魔女。教書に描《えが》かれていた《雨の魔女アレクシア》と姿が違う。教書には黒いドレスは変わりないが、痩身《そうしん》で、鼻が顔の半分をしめるかと思うほど大きかった。背は曲がり、童話に出てくる悪女としての『魔女』の姿と偽《いつわ》りなかったのだ。

「ミス・アレクシアはものぐさな方でしたけど、この絵画のとおり、本当にお綺麗《きれい》でしたよ。髪が長くって肌《はだ》は透《す》きとおるようでした。丸い眼鏡をかけていて――」

「それは本当に《雨の魔女アレクシア》か」

思わず口をついた。レオラートはハッとして手で口を覆う。「……いや、失礼」と濁《にご》すと、

「間違いなく、ミス・アレクシアですよ。あんな魔法《まほう》、彼女しか操《あやつ》れない」

リルは絵画を見つめたまま、凛《りん》として言った。そして、その言葉尻《ことばじり》には、どこか一抹《いちまつ》の淋《さび》しさを感じさせた。レオラートがリルに視線を落とすと、リルは目を伏《ふ》せ、「……できそこないのわたしとは違います」とこぼした。

「魔法の構造は魔女によってさまざまなんです。系統が違うっていえばいいですかね」

マドレーヌを供えたリルがめずらしく話をつづけた。

「ほかの魔女たちに直接会ってたしかめたことがないので、ミス・アレクシアからの受け売りになってしまうのですが……」

《石の魔女マクシーネ》、彼女は物質を分解する術に長けています、すべてを解いて構築する……限度があるそうですが、新たな物質を創るには最適だとミス・アレクシアが言っていました、とリルは話す。

「《騎士の魔女リカルダ》は既存《きそん》の物質を強化させることが得意で、彼女が魔法によって研《と》ぎ澄《す》ました剣で斬《き》れないものはないそうです。《王の魔女ベアトリクス》は……」とリルが順に説明したところで、

「《雨の魔女アレクシア》は？」

レオラートが問いかけた。リルはくるりとザシャをふり返ると、「あなた」と呼びかけた。

「あなた、名前は？」

「へっ？」

難しい話をしていたかと思えば、唐突《とうとつ》に声をかけられ、ザシャは身を硬《かた》くした。「お、俺⁉」と自身を指差すと、リルはうなずく。

「お、俺の名はザシャ。……ザシャ・カラキ」

「『ザシャ・カラキ』？」

「ああ」

リルがザシャの名を口にすると――ハンチング帽《ぼう》をかぶったザシャはぴたりと動かなくなった。背筋がぴん、と伸《の》び、どんぐり眼を見開く。じわっと脂汗《あぶらあせ》がにじんだかと思えば、数秒、石のように固まった。レオラートがザシャの異変に気づき、呼びかけようとしたところで、リルがちいさくなにかをささやく。

と、同時にザシャが金縛《かなしば》りから解かれたように「ふはっ」と息を吹き返し、全身が弛緩《しかん》した。

「な、なにをっ」とザシャが狼狽《うろた》えると、

「ミス・アレクシアを悪く言った罰《ばつ》よ」とリルはしれっと言った。

「はぁ⁉」

「『黒くってギョロ目の口裂け婆さん』がどうとかって、さっき話してたでしょう？」

「そ、そそそそれはだなぁ⁉」

「それはなに？　悪口以外のなにものでもないでしょ？」

「はぁあああああ⁉」

「リル、説明してくれ」

興奮するザシャを制止し、レオラートがリルを見やった。昨日は魔力《まりょく》が弱ってしまって魔法が使えないと話していたはずだが、いまのはいったい？

「《雨の魔女アレクシア》は特異な『目』を持っているんです」

「目？」

「そうです。何もかもを見透《みす》かす目です」

リルは絵画から離《はな》れると、紙袋《かみぶくろ》に残ったマドレーヌをひとつひとつ小分けにして紙に包み始めた。油紙に包んで、バスケットに並べていく。

「万物《ばんぶつ》にはすべて『名』があります。人も動物も草も木も土も」

空に浮《う》かぶ雲でさえも、とリルは手を止めずに言った。

「豪華《ごうか》な服を着たって、名を偽ったって、一度刻まれた名は生涯《しょうがい》かわらないのです」

その名を特異な『目』で見るのです、とつづけて、リルは師アレクシアが描かれている絵画をふり返った。

「……魔法が使えないのではなかったのか？」

訝《いぶか》しげな表情をしたレオラートはリルの横顔を眺《なが》めた。リルはまた淋しげに微笑む。

「いまのは魔法とはいえない代物《しろもの》です。沸《わ》き立つお湯の……湯気のさきのようなもの」

喩《たと》えがよくわからない。レオラートは思案しながらも、

「なぜ、そんな大事な話を私に？」

そこで、小柄《こがら》なリルは長身のレオラートをあおいだ。整えられた黒髪《くろかみ》に灰色の眼。懐《なつ》かしさとほろ苦さが混じって胸にひろがる。

かつて、周囲に『バケモノ』と蔑《さげす》まれていたころも、リルはこうしてレオラートを見上げた。もちろん背丈《せたけ》はいまよりもうんとちいさい。リルも……そして、レオラートも。

あのころのリルは、毎日、陽《ひ》が暮れると養護院の裏に流れる小川の土手で泣いていた。膝《ひざ》を抱《かか》え、空腹に耐《た》え、それでも養護院に帰りたくなかった。

そのリルに手をさしのべてくれたことを――レオラートは覚えていないだろう。

リルは弱く微笑み、

「わたしはエクター領の養護院出身です。領主様のお心遣《こころづか》いで育ったようなものです」

レオラートの綺麗な眉《まゆ》がよる。「養護院――」と口にしたところで、

「だったら、その湯気のさきのような魔法モドキでもって、閣下の願いを叶《かな》えてさしあげろよ！　このクッソ忙《いそが》しいなかを、わざわざこんな辺鄙《へんぴ》なところまで訪ねていらっしゃってるんだぞ!?」

しかも三日連続だっ、湯気でもなんでもいいから雨なんか降らしてないで協力しろよっ、と怒《いか》り心頭のザシャが大声をはりあげた。

「閣下のお姉さまの形見を……閣下がどのようなお気持ちで、まままま魔女《まじょ》なんか訪ねていらっしゃるのか……」

どんどん声が弱まり、しだいに涙《なみだ》まじりになっていく。ぐいっと腕《うで》で顔をぬぐうと、

「ザシャ」

レオラートが静かに呼びかけた。レオラートの忠実なる僕《しもべ》であるザシャが、「か、閣下はおやさしすぎます！」とべそをかきながら抗議《こうぎ》する。

一方、リルは浅く息を吐《は》いた。「雨なんか降らしてないで」とザシャが言うように、皆《みな》、この天候不順を《雨の魔女》のせいだと思いこんでいるのだろう。

――そんな魔力なんてないのに……。

もう一度、今度は深く息を吐き出してから、リルはレオラートを見上げる。

「ネックレス、見せていただけますか？」

細い手をさしだした。

「さきほど説明しましたが、《雨の魔女》は特異な『目』をとおして名を知り、万物を操ります」

ですがわたしの『目』は先代アレクシアよりも、うんっっっとピンぼけしていて、霞《かす》んでいるという認識《にんしき》を持っていただけると助かります、とリルは力を込めた。

レオラートが持ってきたネックレス――姉エレノアの形見というそれは、真鍮《しんちゅう》で作られた素朴《そぼく》なものだ。グラウオール家の令嬢《れいじょう》が所有したものならば金や銀、もしくは、きらび

やかな宝石がふんだんにあしらわれていてもおかしくはないのだが。

「フクロウ？」

ネックレスの先には精巧《せいこう》に彫《ほ》られたフクロウがあった。物語に出てくるような可愛《かわい》らしい形ではなく、森に実在する本物を模したようだ。

「ああ。目にはめてあるのは琥珀《こはく》だそうだ」

レオラートが相づちをうつ。

「……だれかに調べさせたのですか？」

リルが意外そうに目をあげると、レオラートは少し気まずそうな色を浮かべた。

「以前、ああは言ったものの、ここに来るまでに名のある宝石商にはあたってみた。同じものが流通していないか、一点ものなら購入《こうにゅう》した人物がわかるのではないかと思ってな」

「なるほど」

しかし、一点ものには変わりないが、公爵《こうしゃく》家の令嬢が持つ代物にしては素材が粗悪《そあく》で、庶民《しょみん》が好んで買うようなものにしては、凝《こ》ったデザインだということがわかった。

「姉はすべてにおいて身ぎれいな人で……死期を予感していたのか、持ち物のほとんどを整理していて、遺品はそれほど多くなかった」

ただ、このネックレスだけはずっと身につけていて……、とレオラートが思い返すと、

「姉は亡《な》くなる直前、一通の手紙を届けてほしいと私に懇願《こんがん》した。そのネックレスの贈《おく》り

主だというのだ。だが……」

レオラートの表情が曇《くも》る。

姉から託《たく》された手紙には宛名《あてな》がなかった。肝心《かんじん》のネックレスの贈り主を聞きだすまえに、姉エレノアは旅立ってしまったのだ。

姉は誰《だれ》に手紙を渡《わた》したかったのか――

ネックレスの贈り主は誰だったのか――

故人の手紙を開封《かいふう》するのは忍《しの》びないと感じたレオラートは、姉が大切にしていたネックレスの贈り主を捜《さが》すことにした。

姉が最期《さいご》に残した手紙をなんとしても届けたいと思ったからだ。

灰色の眼《まなこ》でリルの手にあるネックレスを見つめるレオラート。

リルは「……期待はしないでくださいね」と念を押し、手のひらにのせたネックレスをじっと見つめた。

淡《あわ》い風が吹《ふ》く。リルの金色の髪《かみ》が風をふくんだようにふわふわと舞《ま》いはじめ、いつも表情を覆《おお》い隠《かく》していた長い前髪さえもひるがえる。

白い頬《ほお》に宝石のような青く澄《す》んだ瞳《ひとみ》。ハニーブラウンの睫毛《まつげ》は長く、顎《あご》と同じく鼻はちいさい。さくらんぼ色をした可憐《かれん》な唇《くちびる》で、聞きとれない呪文《じゅもん》を唱えた。

ネックレスから蜃気楼《しんきろう》のような影《かげ》がゆらぎ立ち、うら若き女性の姿を成した。

亜麻色《あまいろ》の髪にエメラルドグリーンの瞳――レオラートは息をのむ。姉だ。三年前に敗血症《はいけっしょう》で亡くなった姉のエレノア。

女の影はやわらかい表情をしていて、だれかと話しているようだ。にっこりと微笑《ほほえ》むと嬉《うれ》しそうに両手を胸に包み込む。

リルは苦しそうに顔をしかめた。ネックレスに残った思念を汲《く》みとり、形を与《あた》えたわけだが、ネックレスの名がはっきり読めたわけではなかった。ふっと、蠟燭《ろうそく》を吹き消すかのように女の影は消えてしまう。

「――ごめんなさい、これが限界です」

気がつけば室内は仄暗《ほのぐら》くなっていて、天窓から入る光も乏《とぼ》しい。どうやらいつのまにか陽が傾《かたむ》くほど時間が経《た》っていたようだ。リルは息を吐き出したあと、マッチを取ろうと手を伸《の》ばす。

だが指先が震《ふる》えて、テーブルに置いたマッチ箱が手に取れない。レオラートが代わりに箱をすくいとり、シュッと手慣れた仕草でマッチを擦《す》った。

「燭台《しょくだい》に灯《とも》せばいいのか？」

「ええ……お願いします」

ふたたび大きく息を吐きだしたリル。頭がずしんと重く、後頭部に鈍《にぶ》い痛みを覚える。レオラートの手によって灯された蠟燭の火を目に映し、ほっと肩《かた》の力を抜《ぬ》いた。

「大丈夫《だいじょうぶ》か。ずいぶん疲《つか》れているようにみえる」

「そう……ですね、ひさしぶりに『名』を見ようとしましたから」

「……」

苦笑《くしょう》したリルにレオラートはわずかな間を置いたあと、「――さっきのは私の姉だ」と口にした。

「姉のエレノアで間違《まちが》いない」

「……そうですか」

リルはうつむいた。ネックレスの記憶《きおく》を辿《たど》れば、レオラートの姉にこのネックレスを贈った主がわかるかと思ったが、贈り主どころかエレノアが受けとった、その一瞬《いっしゅん》しか呼び起こせなかった。

――『アレクシア』を名乗る資格もないわね……。

膝に置いた手をきゅっと握《にぎ》ったところで、レオラートが、「良かった」とつぶやいた。

「え？」

「良かった。……姉上にもあのような幸せな表情をしていた時期があったんだな」

嚙《か》みしめるように言葉を紡《つむ》いだ。意外そうにレオラートを見上げたリルに、レオラートはかすかな笑《え》みを浮《う》かべる。

「昨日、私は庶子《しょし》だと話したが……姉こそが正妻の子で、私とは十歳、歳《とし》が離《はな》れていた」

姉は王都のグラウオール邸《てい》に暮らし、私は地方のエクター領で育った、とレオラートは話しはじめた。

「私が十三歳のとき、私たちの父が亡くなった。父には両手では足りないほど夫人がいたが、グラウオール家の当主になるためには、この灰色の眼をしていないといけないという家訓がある。庶子ではあったが、唯一《ゆいいつ》、灰色の眼を受け継《つ》いだ私がグラウオール家を継ぐことになった」

レオラートの母は商家の出で、残された父の夫人たちから猛反対《もうはんたい》を受ける。

王家に次ぐ家門・エクター公爵家である。血統は誰よりも重んじられた。

そこで声をあげたのが――正妻唯一の子エレノアだった。

「姉は私が王都に来られるよう手配し、父の他《ほか》の夫人にも説いて回った。なぜ、姉がそこまでしてくれたのかは今となってはわからないが」

レオラートは目を伏《ふ》せた。グラウオール家の当主として【トット・アカデミー】で教育を受けるために、王都へやってきたレオラートを快く迎《むか》え入れてくれた姉エレノア。

屋敷《やしき》の執事《しつじ》や使用人達もレオラートを蔑《さげす》むことなどなく、王都での暮らしに馴染《なじ》めたのはすべて姉のおかげだった。

その姉が病に倒《たお》れ、三十一歳という若さで帰らぬ人となった。レオラートは姉に、なにか恩返しができただろうかと自問自答する。

「姉の侍女《じじょ》を務めていた者に訊《き》くと、姉は今年おこなわれる建国祭を楽しみにしていたそうだ」

「建国祭……」

リルが目をしばたたかせるとレオラートはうなずいた。「昨日、街で準備をしていたあれだ」

「姉が亡くなったのは三年前。それ以前から数年も先の建国祭を楽しみにしていた……となると、姉にとって建国祭は別の意味をもっていたのかもしれない」

「……」

リルは口元に手を添《そ》え、考えこむ。建国祭はアストリット王国建国百周年を祝う催《もよお》しだ。

ふたたびネックレスに視線を落とす。真鍮のそれは少し黒ずんでいて、フクロウの耳が丸みを帯びていた。

きっと、なんども手にふれて撫《な》でていたに違《ちが》いない。

# 第二話

王都エペの東に位置するグラウオール邸。

閑静《かんせい》な住宅街に広大な敷地《しきち》を有し、塀《へい》に使われる鉄柵《てっさく》には紋章《もんしょう》のモチーフとなった荊《いばら》が蔓《つる》を巻いて這《は》いあがる。馬車が一台、門のまえに停車すると初老の御者《ぎょしゃ》が扉《とびら》を外から開けた。

「いらっしゃいませ、お嬢様《じょうさま》」

筆頭執事であるシドウ・ライラックが胸に手をあて、丁重《ていちょう》に礼をとる。黒髪《くろかみ》をうしろでひとつに束ね、丸眼鏡をかけた男だ。背中に針金が入っているかと思うほど背筋が伸びていて、黒の執事服がよく似合う。

「お、おじゃまします」

「閣下はまだ城に出仕しておりまして、さきに応接間にお通しするよう承《うけたまわ》っております」

「よろしくお願いします……」

「では」

シドウの出迎《でむか》えをうけ、白薔薇《しろばら》を抱《かか》えたリルはグラウオール邸に降り立った。灰鼠色《はいねずいろ》の石畳《いしだたみ》に鉄製の門がなんとも厳《いか》めしい。門をくぐれば、目にあざやかな緑の芝生《しばふ》が生えそろい、遠目にヒバの木が群生しているのが見える。

まっすぐに敷《し》かれた石畳のさきには陶器鉢《とうきばち》に植えられた赤色の薔薇が玄関扉《げんかんとびら》の両脇《りょうわき》を彩《いろど》っていた。

「どうぞ、お入りください」

シドウが扉を開けひろげ、両脇に控《ひか》えた使用人たちが一斉《いっせい》に頭《こうべ》を垂れる。「えっ」とリルが驚《おどろ》きの声をあげると、「閣下より、丁重にお迎えするよう申しつかっております」とシドウがうなずいた。

「閣下の大切なお客様であると。ですので、どうぞ遠慮《えんりょ》なく」

シドウの声はやわらかく、春の日の木洩《こも》れ陽《び》のようだ。白の手袋《てぶくろ》をはめ、隙《すき》のない所作から繰《く》りだされる笑みにリルの頬が赤く染まる。

「あの、これ」

リルは持参した白薔薇をシドウにさしだした。

先日は見るも無残な白薔薇を十万ノクト金貨で買い取ってもらった。さすがにこのままではリルの気持ちがおさまらない。綺麗《きれい》な白薔薇を今日は届けたかった。

「お代はこの間いただいたもので十分です。むしろ、お土産《みやげ》で……」

しどろもどろに話すリルに、「閣下もお喜びになるでしょう」と、シドウはやさしく微笑む。

王都にあるグラウオール邸は、かつてリルが暮らした養護院とは比べ物にならないほど大きかった。吹《ふ》き抜けのエントランスには、高天井《てんじょう》からつりさがるガラス製のシャンデリア。緩《ゆる》やかなカーブを描《えが》いた階段が対《つい》になるよう配置され、重厚《じゅうこう》な騎士《きし》の甲冑《かっちゅう》が踊《おど》り場に鎮座《ちんざ》している。

──た、大変なところに来てしまった……。

リルはなんともいえない表情を浮かべたが、「お嬢様、こちらへどうぞ」とシドウに呼びかけられ、そそくさとあとを追う。

通された応接間のソファにちょこんと腰掛《こしか》けたリル。

ローテーブルに並べられた色とりどりの菓子《かし》たちが目にまぶしい。クッキーにカヌレといった焼き菓子のほか、ムースやババロアのような生菓子まである。艶《つや》のあるマロングラッセがソーサーグラスに盛られていたが、リルがいままで食べたことのある栗《くり》と同じかどうかわからないほど大粒《おおつぶ》で、まるっとしている。金箔《きんぱく》がふりかけられているからそう思うのかもしれない。

「なにかご入り用でしたら遠慮なくお呼びください。そこのベルを鳴らしていただけたらすぐに参ります」

テーブルの上に置かれたゴールドの呼び鈴《りん》を手で指し示し、シドウはにっこりと微笑《ほほえ》むと、応接間から出て行った。パタン、と扉が閉まる音を聞いて初めて、リルのこわばった身体《からだ》から力が抜けていく。

「いや、ちょっと、でも……」

リルは豪勢《ごうせい》な菓子類をまえに、うーん、と腕組《うでぐ》みをする。

レオラートの頼《たの》みを引き受け、レオラートの姉――エレノアにネックレスを贈《おく》った主を捜《さが》すことになったリル。とはいえ、魔力《まりょく》が乏《とぼ》しいリルは、少しでも手がかりとなるものを探しにグラウオール邸を訪《おとず》れたわけだが、このようなもてなしをうけると、むしろ、ひるんでしまう。

――これで探し出せなかったらどうしよう……。

緊張《きんちょう》で口のなかがカラカラだ。とりあえず、目のまえに置かれたグラスに手を伸《の》ばす。

「！」

レモネードだ。爽《さわ》やかなレモンの香《かお》りが鼻に抜《ぬ》け、はちみつの甘さがほんのり口に広がる。

「おいし」

喉《のど》が渇《かわ》いていたから、ぐびぐびと一気に空にしてしまった。飲みきって、ふぅ、と息を吐《つ》く。

「おや？　これはめずらしい客人だな」

グラスを手にしたリルの背に声がかけられた。廊下に通じる扉からではない。背後の窓からだ。

「やぁ、お嬢さん。レオはまだ帰ってきていないのかい？」

「えっ……と、そ、そうみたいです」

「美味《おい》しそうなものを飲んでいたね？　ぼくもご一緒《いっしょ》していいかな？」と窓枠《まどわく》を乗り越《こ》え、部屋に入ってきたひとりの男。戸惑《とまど》うリルに屈託《くったく》のない笑《え》みを向けた。

「けっして怪《あや》しい者ではありません、ってね。十分、怪しいか？　ぼくはラフィレン・オルバートン。『ラフィ』って呼んでくれたらいいよ」

「ど、どうも……」

ラフィレンと名乗った男はリルの手をとり、甲《こう》に挨拶《あいさつ》のキスをする。ブラウンの髪をうしろでひとつに結び、馬にでも乗ってきたのだろうか、ロングブーツにタイトなロングジャケットを着た姿だった。

「お嬢さん、お名前は？」

「リルです。リル・アレクシア」

「リル……アレクシア？」

赤いリボンで髪を結んだラフィレンは不思議そうにつぶやくと、「もしかして、《雨の魔《ま》女《じょ》》かい？」と目を見張った。

「郊外《こうがい》に住んでいて、人嫌《ひとぎら》いで有名な……おっと失礼、建国四人の魔女のひとり《雨の魔女アレクシア》？」

「……それは先代のアレクシアですが」

「あ、そうか。いやぁ、代替《だいが》わりしたとは聞いていたけど、へぇ、君が」

リルの姿を頭からつま先まで、しげしげと観察したラフィレンは微笑みをたたえ、

「お会いできて光栄だよ。レオとは親しいのかい？」とさりげなくリルの隣《となり》に座った。

「親しい……というわけではないです」

「ちょっとした知り合いみたいな？」

「そうです、そんな感じ」

「あ、待って」

ラフィレンは軽く手をあげてリルを制止すると、「ちょっと待って、書き留めたい」とジャケットの内ポケットから小さな紙とペンを取りだした。

「『魔女の声は鈴《すず》の音のように軽《かろ》やかで、金色の前髪《まえがみ》は長く、視線はどこにあるのかわからない……』と――」

「……」

なにを書いてるの？　とリルがのぞきこむと、「ノンノン、レディ。これはトップシー

クレットさ」とメモを素早《すばや》く内ポケットに戻《もど》した。

「でも、君には教えてあげる。ぼく、作家なの」

「作家？」

「そう、小説を書いたりね。ノンフィクションも書いちゃったり」

「へぇ」

リルは感心した様子でラフィレンを見た。養護院にも何冊か本があり、夜になるとシスターが読み聞かせてくれた。アレクシアのもとに来てからは文字を教わり、むずかしい魔《ま》術《じゅつ》書もほんの少しだが読んだことがある。

「で、リルちゃんはどうしてここに？」

マロングラッセを口に放《ほう》りこんだラフィレンがリルに問いかければ、

「お屋敷《やしき》に用事がありまして」

「用事？」

「ええ」

リルはガラスピッチャーから空のグラスにレモネードをお代わりし、皿に盛られたクッキーに手を伸ばす。オレンジピールとチョコチップが練りこまれたもので、ほのかな苦みとチョコレートの風味がクセになる。

むしゃむしゃとクッキーを食べ進めるリルに、ラフィレンは「へぇ」とうなずいた。

「依頼人《いらい》の詳細《しょうさい》は明かせないと？」

「そんなことはひとことも言っていません」

「いや、君は遠回しにぼくの問いを避《さ》けてるね」

「……はぁ？」

「『年若い魔女は秘密を隠《かく》すのがうまい。前髪で表情を隠し、心のうちも隠したまま……』」

またジャケットの内ポケットから紙を取りだし、ブツブツと声に出しながらメモをとりはじめる。

――なに、この人……。

リルが、ポリ、とクッキーをかじったところで、

「ラフィ、お前はいったいどこから湧《わ》いたんだ？」

今度は廊下側の扉《とびら》が開いて、ネイビーのコートに身を包んだレオラートが姿を見せた。白の手袋《てぶくろ》をはめていて、暑そうにそれを脱《ぬ》いだかと思えば、

「城での円卓会議《えんたくかいぎ》では姿を見なかったが」

「ぼくは自由気ままな三男だからね～、すべて兄上たちにおまかせさ」

「また小説の題材探しか？」

「ふふ、レオは俺のことをよくわかってる♡」

親しげな微笑《ほほえ》みを浮《う》かべたラフィレンにレオラートはあきれた息を吐きだし、コートを脱いでうしろに控《ひか》えたシドウに手渡《てわた》した。「遅《おそ》くなってすまない」とソファに座るリルに視線をよこす。

「よく来てくれた。屋敷のどこを見たい？　案内しよう」

「あ、ええ、……では、お姉さまがよく使っていた部屋を……」

「わかった」

レオラートは浅くうなずくと、テーブルに歩みより、ガラスの器《うつわ》に盛られたババロアを手にとった。赤いベリーのジャムにミントの葉が添《そ》えられている。

「これは食べた？」

リルは首を横に振《ふ》った。「クッキーだけ」と短く返すと、「焼き菓子《がし》は日持ちもするし、持って帰れる。うちのシェフが作る生菓子はなかなか美味しいんだ」

「え、じゃあ……」

ピカピカに磨《みが》きあげられたシルバーのスプーンを手に、ババロアをすくうリル。先日、カフェで食べたカスタードプディングより弾力《だんりょく》があって、とろりとした重さがある。ジャムの甘い香《かお》りとミルクの香りが鼻先をかすめた。

「……おいしい」

ねっとりした口当たりではあるものの、するっと溶《と》けて無くなった。ほのかな甘さとミルクの香りだけが口に残り、またひとくち、とスプーンですくって口に運ぶ。不思議な食感だわ、と感心しながら、素直にパクパクと食べ進めるリルにレオラートの表情がゆるんだ。

「ここが姉上の部屋だ」

レオラートの案内に従い、リルはエレノアが生前使っていたという一室に足を踏《ふ》みいれた。エレノアは生まれながらに心臓が弱く、階段をのぼることを極力避けるため、東の居館一階に部屋を設けていた。屋敷のつきあたり、東向きの角部屋だ。

「当時のままにしてある。いまでも使用人が風を通すために、毎日、窓も開けている」

レオラートが話したとおり、窓はふたつとも開けられていて、初夏の湿気《しっけ》を含《ふく》んだ風がレースのカーテンを揺《ゆ》らしていた。サックス・ブルーの絨毯《じゅうたん》が敷《し》かれ、窓際《まどぎわ》にはちいさな丸テーブルとアーチがかった背凭《せもた》れの椅子《いす》が二脚《きゃく》、置かれている。

「私がこの部屋を訪ねると、姉はこの椅子に腰掛《こしか》けて庭を見ていた」

レオラートが丸テーブルに歩みよると、リルはテーブルの一輪挿《いちりんざ》しに目を留める。白薔《しろば》薇《ら》が一本、活《い》けられていた。

「あ」

白薔薇に視線を釘《くぎ》づけたリル。「姉は白薔薇が好きだった」とレオラートがふり返った。

「今日は綺麗《きれい》な白薔薇を持ってきました。さっき執事《しつじ》の方に渡《わた》したので……」

「ありがとう。ここにも飾《かざ》ろう」

一輪挿しの白薔薇は花びらが茶色く変色していて、少しくたびれている。まえにリルから買い取ったものかもしれない。

「うちの庭にも薔薇園があるのだが、白薔薇はうまく育たないらしい」

「そうなんですか？」

「ああ、そこのヒバの森の向こうに薔薇園がある」

「……」

レオラートの横に立って、一緒《いっしょ》に窓のさきを眺《なが》めるリル。眼前には広大な芝生《しばふ》があって、丸く剪定《せんてい》された庭木が遊歩道に沿うように植えられている。ヒバの森はさらに後方――

「そこのヒバの森の向こう」というには距離《きょり》がありすぎる。

「気になるのなら、あとで一緒に見にいこう」

「え、ええ、じゃあ、まずはこの部屋を……」

リルはグラウオール邸《てい》の敷地《しきち》の規模に圧倒《あっとう》されながらも、とりあえず部屋のなかを見渡《みわた》すことにした。

エレノアの部屋は簡素な部屋だった。

リルの背丈《せたけ》ほどのチェストがひとつ。天蓋《てんがい》が設けられたベッドがひとつ。あとは窓際の丸テーブルと椅子だけ。絵画やランプなどの調度品は置かれておらず、淋《さび》しいほどにシンプルだ。

「ドレスルームは別にあるが、衣服や宝飾品《ほうしょくひん》のほとんどは生前に侍女《じじょ》や使用人に下げてしまっていて、残されたものは数少ない。そこのチェストにも本が数冊入っていただけだった」

そう言って、レオラートがチェストの上段を開けるが、宗教画をあつめた画集と手持ち鏡があるだけだった。リルもレオラートとともになかをのぞきこむが、ほかにはなにもない。

「お姉さまは一日をどのように過ごされていたのでしょう？」

「エクター領に関《かか》わる執務《しつむ》をこなしていた。……とはいえ、体調を崩《くず》すことが多く、私が引き継《つ》ぐまではほとんど執事が代行していた。さっき会ったシドウだ」

「なるほど」

「体調のいい日には起きあがり、ここから庭を見ていた。私が会いにくると会話をするよりも、ふたりで庭を眺める時間の方が長かったように思う」

レオラートはまた窓辺をふり返った。形の良い灰色の眼《まなこ》を細める。青々とした芝生を十歳離《はな》れた姉とともに眺めた。鳥のさえずりを聞き、窓から入る風を感じながら、悠々《ゆうゆう》とした時が流れた。

鼻先に香りが漂《ただよ》うように、ふわっと呼び起こされる情景。十歳そこその少年と二十を過ぎたころの女性が椅子に腰掛け、外の景色を見つめている。

リルも窓へ目を向ける。

リルは目をこらした。亜麻色《あまいろ》の髪《かみ》の女性はおそらくエレノアだ。彼女の思念は薄《うす》かったが、部屋が彼女を覚えていた。

エレノアはずっと窓の向こうを見ている。こちらをふり返ろうとも、少年レオラートに目を配るわけでもない。ペールブルーのドレスに身を包み、長い亜麻色の髪を三つ編みにして横にたらしていた。

胸にはあのフクロウがついた真鍮《しんちゅう》のネックレス――

「魔女《まじょ》ってもっとこう……活発で豪快《ごうかい》なイメージがあったな。大剣《たいけん》を操《あやつ》ったり、鉄の大釜《おおがま》で得体のしれないなにかを煮《に》ていたり……」

部屋の扉《とびら》に寄りかかり、ラフィレンがつぶやいた。

「まだいたのか」

「当然。今度ある建国祭の晩餐《ばんさん》会、レオと一緒に行こうと思って。今日は約束をとりつけにきたの」

「勘弁《かんべん》してくれ。……俺は申し訳程度に顔を出すだけだ」

「うわっ。それ、いちばんしらけるやつ。レオ目当てのご令嬢《れいじょう》方が多いっていうのに」

「知るか」

おおげさに肩《かた》をすくめるラフィレンをレオラートが冷ややかに一瞥《いちべつ》した。が、けっして険悪な雰囲気《ふんいき》というわけでもない。

リルはふたたび窓辺によった。「あの」と呼びかける。

亜麻色の髪の女性はリルの方をちらりと見て、かすかに微笑《ほほえ》んだ。やわらかで、それでいて物憂《ものう》げな微笑《びしょう》だ。女性は口を開こうとして、止《や》めた。首を振る。

リルの胸を指差す。「わたし？」とリルが小首をかしげると、女性の姿はふっと消え去ってしまう。

「……」

リルは指差された自分の胸元《むなもと》に視線を落とした。今日も首まである黒のドレスに黒のショート手袋《てぶくろ》をしている。この蒸《む》し暑さのため、金色の長い髪はうしろで束ねてきたが……。

――ミス・アレクシアにもらったネックレスはちゃんとつけてきたけど？

服のうえからネックレスにふれる。しずく形のそれをリルは今日も肌身《はだみ》離《はな》さずつけている。先代のアレクシアにもらったもので――割れるまでは身につけるよう言いきかされていた。

――ネックレスに反応したのかしら？　お姉さまのネックレスは領主様が持ってるはず

だけど……。

リルがもう一度、首をかしげると、

「どうした？」

レオラートが声をかけた。

「いえ、少し残像が……」

「残像？」

「……」

『残像』と言い切ってしまうのは違《ちが》う気がする。リルは亜麻色の髪の女性――エレノアが座っていた椅子をじっと見つめた。

先日、ネックレスの思念を読み解こうとして、『名』を見ようとしたときとは明らかに感覚が異なった。

――わたしに見せようとしているの？

部屋をぐるりと見回し、白く塗《ぬ》られた天井《てんじょう》をあおいだ。

――この部屋はすべてを知っているのね……。

薄いレースのカーテンがふわりと舞《ま》った。エレノアが手紙を書いたのも、ネックレスを慈《いっく》しんだのも、きっとこの部屋なのだろう。

窓辺に視線を戻《もど》すと、また亜麻色の髪の女性が姿をみせた。彼女はけっしてこちらをふり返らない。

いつまでも庭を見ている。


時刻は午後四時を過ぎ、急な来客のため、レオラートは席を外した。代わりに執事シドウの案内でリルは庭に出る。

例のヒバの森を目指して歩くが、予想どおり、なかなか遠い。

「お嬢様《じょうさま》、馬をお持ちしましょうか？」

「いえ、これくらいは大丈夫《だいじょうぶ》です……」

足腰《あしこし》には自信があったが、どうにもこうにも蒸し暑い。リルは火照《ほて》った顔をパタパタと手で扇《あお》ぎ、さきを急いだ。ヒバの木の向こうの薔薇《ばら》園も今日中に見ておきたかった。

「失礼ですが、手袋をお脱《ぬ》ぎになった方が涼《すず》しいかと」

同じく白手袋をはめたシドウが提案する。

「執事様は暑くないのですか？」

「シドウとお呼びください。……私は仕事上、外すわけには参りませんので」

丸眼鏡をくいっとあげたシドウは汗《あせ》ひとつかいていないように見える。「女性のお嬢様と違って、男の私はそれほど着込んではいませんので」と付け加えた。

リルはシドウをあおぎみる。黒の燕尾服《えんびふく》に蝶《ちょう》ネクタイ。なかに着た白シャツは薄手《うすで》かもしれないが、それでも十分すぎるほど着込んでいると思うのだが。

「朝まで雨が降っておりましたので、足もとが濡《ぬ》れています。やはり、馬をお持ちしましょう」

深くうなずいたシドウが厩舎《きゅうしゃ》に向かおうと方向転換《てんかん》すると、リルが「待って」と呼び止めた。

「大丈夫です。こうすれば」

両手で黒のドレスをぐいっと持ちあげ——もちろん粗末《そまつ》な靴《くつ》と細い足が見えてしまう——リルは小走りに駆《か》けだした。

「陽《ひ》が暮れるまえに終わらせましょう」

「え、お、お嬢様？」

「お嬢様じゃなくてリルです。早く終わらせて、お互《たが》い、手袋を脱ぎましょう」

「お嬢様——いえ、リル様、薔薇園はヒバの森の向こうです」

「えっ……」

駆けだしたリルをシドウが呼び止めた。ヒバの森に向かって走ったつもりだったが、

「そちらはクスノキです」とシドウから声がかかる。

「グラウオール邸《てい》の庭園は自然の森を活《い》かした造りをしております」

シドウも燕尾服のジャケットを脱ぎ、腰《こし》に巻きつけた。リルだけに恥《はじ》をかかせてはいけないというデキる執事の配慮《はいりよ》だが、

「自然の森ですか。木の実が採れるとか？」

「木の実も採れますが、大抵《たいてい》は野鳥や小動物の餌《えさ》となります」

「へぇ」

ヒバの森の近くまで来ると、走るのをやめて、ドレスを下ろした。はぁ、はぁ、と短く息を切らす。

「こちらのヒバの森は野鳥の住処《すみか》ですね。巣箱を設置しております」

あとを追いかけてきたシドウも足を止め、そびえ立つ一本のヒバの木を指差した。手作りと思われる巣箱が幹と枝の間に置かれ、麻紐《あさひも》でくくりつけられている。

「巣箱？　どんな鳥が来るの？」

「そうですね、ジョウビタキであったり、カッコウであったり……」

昔はフクロウが来たことも、とシドウが言った。

「フクロウ？」

「ええ。いつだったか、フクロウのヒナが産まれましたが、巣から落ちてしまって……それをお知りになったエレノアお嬢様が、巣箱を作って置くよう庭師に命じられたのです」

「……」

「いまでは、このヒバの森のなかだけでも十個は置かれているかと」

シドウの説明に耳をかたむけながら、リルも木を見上げた。ヒバは濃緑《のうりょく》の針葉樹で香《かお》りが高い。まっすぐ伸《の》びた幹のさきに枝が分かれ、三角屋根に丸い窓をした巣箱が設置されていた。風雨にさらされて、黒ずんでいる。

うしろをふり返れば、さきほどまでいた屋敷《やしき》がちいさく見えた。あそこから歩いてきたのか、と思うほどの距離《きょり》だ。

「リル様、薔薇園はもうすぐそこです」

シドウがリルに呼びかけたが、リルはふたたびヒバの木をあおいだ。

——巣箱……。

初めて訪《おとず》れた場所なのに、なぜか懐《なつ》かしいと思うのは、さきほどエレノアと思われる亜《あ》麻《ま》色《いろ》の髪《かみ》の女性に遭遇《そうぐう》したからだろうか。

庭を眺《なが》めていた彼女は、このヒバの森を見つめていたのだろうか。

ふと、そんなことが頭をよぎったリルだったが——なぜか目のまえが滲《にじ》んで、宝石のような青い瞳《ひとみ》から、涙《なみだ》がひとすじ、流れおちた。

ヒバの森に隣接《りんせつ》するようにグラスハウスがあった。

白く塗装《とそう》された木が柱となり、壁《かべ》や屋根に薄《うす》いガラスがはめられている。三角屋根の高いところまで蔦《つた》が這《は》っていて、ハウスの外側に生えた野草の花が彩《いろど》りを添《そ》えていた。

「こちらが当家の薔薇園です」

執事シドウの案内でリルはグラスハウスのなかに入った。

入り口とつきあたりの戸が開け放たれていて、心地《ここち》よい風が抜《ぬ》けている。涼しげな水音がするので目をやると、角にちいさな水場が造られていて、睡蓮《すいれん》の葉が浮《う》かんでいた。

「グラスハウスですけど、暑くはないんですね」

「冬は戸を閉じますが、いまの季節は開け放って風を通すほうが良いと庭師が申していました」

「なるほど」

浅くうなずいたリルが足を踏《ふ》みいれると、腰丈《こしたけ》ほどの高さまで生長したブッシュローズが咲《さ》いていた。オレンジや赤など色とりどりで、房咲きのものまである。

鉄製のアーチに蔓《つる》を這わせたものもあり、手入れのほどは申し分なさそうだ。蕾《つぼみ》がふっくらと膨《ふく》らみ、もうすぐ見頃《みごろ》を迎《むか》えそうな苗《なえ》が多かった。

「あ」

近くにあった黒赤の薔薇を眺めたリルは、おなじく、グラスハウスの隅《すみ》で鉢植《はちう》えに水をやる青年に気がつく。ハンチング帽《ぼう》をかぶっていて、リルと目が合うと、青年は「うわっ」と声をあげた。ザシャだ。

「うわっ、まままままままま」

――魔女《まじょ》って言いたいのかしら。

言葉が出ないザシャにリルが眉尻《まゆじり》をさげると、「ザシャ、閣下の大切なお客様ですよ」とシドウがたしなめた。

「申し訳ありません、リル様。……彼に悪気はないのです。彼はあのオリーブの苗木の手入れをしに、毎日、こちらのグラスハウスに」

「オリーブ？」

リルが視線をザシャの足元に向けると、たしかに見覚えのある陶器鉢《とうきばち》があった。以前、【パウラ・ポウラ】でリルが蹴《け》つまずいて、枝先を折ってしまったあのオリーブの苗木だ。

「あ、あれ……」

「もともと強い品種ですから、添え木をしてやれば枯《か》れることはないかと思われます」

「すみません、わたしが折っちゃったから……」

リルはオリーブの鉢植えに近づくと、しゃがみこみ、「ごめんね」と苗木に声をかけた。

「痛かったでしょう、ごめんね」

「ま、魔女サマは、き、木の言葉がわかるのデスカ⁉」ザシャが顔を青くさせ、

「……わからないけど」リルが眉《まゆ》をよせる。

「なんだ……」

ザシャはホッとしたような、がっかりしたような顔をして、胸を撫《な》でおろす。

「でも、『おい、水ばかりじゃなくて、肥料もよこせ』って聞こえた気が」

「え!?」

「ウソ」

苗木のうちに肥料をあげすぎると枯れちゃうから気をつけてね、とリルは立ちあがった。

「オリーブの木は実をつけさせたいのなら、別の品種を用意しないと受粉しないから……」

「手配させます」

リルに歩みよったシドウが胸に手をあて、会釈《えしやく》をすると、「あ、いえ、わたしが折ってしまったから、本当はわたしが引きとらないといけないのに」とリルがシドウを見上げた。

「いいえ、閣下も、そちらのオリーブの木をたいそう気に入ってらっしゃいましたから」

「え？」

シドウはやわらかく微笑《ほほえ》んだ。

「リル様、白薔薇《しろばら》についてお伺《うかが》いしても？」

少しかがんで、リルの目の高さに合わせたシドウは、「あちらをご覧ください」とグラスハウスの奥手を指し示した。

「蕾まては花をつけるのですが、どうしてもそこで落ちてしまうのです」

「蕾が落ちる？」

「はい。茶色く変色してしまって、蕾ごと落ちてしまうのです」

シドウの言葉を聞いて、リルは指し示された場所に向かった。入り口の薔薇たちとは違《ちが》って、なんとなく華奢《きゃしゃ》な苗木たち。固く結んだ蕾をつけてはいたものの、リルの家の庭にある白薔薇ともどこか様子が異なっていた。

リルはしゃがみ、土を手にとる。湿《しめ》っていて、腐葉土《ふようど》がまじったものだ。

――土は悪くなさそうだけど。

リルが小首をかしげたとき、パチッと目のまえでなにかが爆《は》ぜた。リルは怪訝《けげん》そうに眉をよせる。

『――白薔薇なんか育てないでちょうだいっ』

女のヒステリックな声が響《ひび》き、せっかくの蕾をすべてむしりとってしまう。棘《とげ》が手に刺《さ》さり、血が滲んで、それでも女は蕾をとるのをやめない。

リルは目をこらした。女は屋敷で見かけた亜麻色の髪ではない。柘榴《ざくろ》石《いし》のような赤い髪を腰《こし》ほどまでたらし、真紅のドレスに身を包んだ――

「あなたは――」

リルの声にハッとした様子で女はふり返った。同時に、リルも息をのむ。女の灰色の瞳とバチっと目が合った。

女は立ちすくんだリルよりも驚《おどろ》いた顔をして、そして、きつく顔を歪《ゆが》めた。

『アレクシア……やっぱりわたくしを恨《うら》んでいるのね……』


レオラートは大きく息を吐《は》きだした。

執務室《しつむ》の椅子《いす》に座り、深く椅子に凭《もた》れかかる。グラウス城から急な使者が訪れたため、対応に追われたわけだが、なんてことはない、来《きた》る晩餐会《ばんさん》への出席を促《うなが》すもので——レオラートは胸に重石《おもし》を抱《かか》えた心地になっている。

端的《たんてき》に言えば、レオラートは多方面から婚姻《こんいん》を迫《せま》られている。二十四歳になった独り身の公爵を世間は放《ほう》っておいてはくれないらしい。

はぁ、ともう一度、重い息を吐き出した。椅子をくるりと回し、窓の外へ目を向ける。

レオラートの執務室は西の居館の二階にあり、広大な庭園を一望できる。青々とした芝《しば》生《ふ》が一面にひろがり、庭木も遊歩道も、そのさきにあるヒバの森もクスノキも、ここ最近の雨により生き生きとした姿をみせていた。

そこへ。

「……なにをしているんだ？」

思わず、口をついた。

ドレスの裾《すそ》を大きく持ち上げた少女と燕尾服《えんびふく》を腰に巻きつけた中年男がヒバの森に向かって走っている。言わずもがな、リルとシドウだ。

「外は蒸《む》し暑いだろうに――」

あきれたようにつぶやいたものの、ふ、と笑《え》みがこぼれた。あのいつも涼《すず》しげで動じないシドウが燕尾服を腰に巻きつけて走っている。しかも、リルもドレスの裾を持ちあげて、とても、年頃《としごろ》の女性がする行為《こうい》とは思えない。

「あいかわらず、よくわからない娘《むすめ》だな」

くくっと笑って、ふたりの姿がちいさくなるのを見守ったレオラートは、「そう言えば」となにかを思いだした。

――養護院……だったか。

以前、リル自身が言っていた。

レオラートの祖父であるウェイン・グラウオールは正教の敬虔《けいけん》な信徒でもあった。統一戦後、各地で身寄りのない子どもが増えたため、領地内に養護院をつくらせ、救済にあたったと伝わる。

――最初は五つあったという養護院もいまでは三つ。いずれかで『魔女』を輩出《はいしゅつ》したとの報告はあっただろうか。

レオラートは椅子から立ちあがり、執務室の隣《となり》にある書庫へ足を向ける。養護院に関《かか》わる資料や報告書をまとめたものがあったはずだ。

「……ねぇレオ。あの子、本当に魔女なの？　ずいぶん、のんびりしてる感じだけど」

応接ソファを横切ったレオラートの背に声がかかる。うーん、と背伸《せの》びして、布張りのソファから起きあがったのはラフィレンだ。

「あーあ、寝《ね》ちゃってた」

「気楽なものだな」

「夜遅《よるおそ》くまで書いてるからさ。昼間は眠《ねむ》くってしかたない」

ふたたび、うん、と伸びをしたラフィレンは、肩《かた》をパキパキと鳴らしながら立ちあがった。

「リルちゃん、可愛《かわい》らしい子だけど、魔女って感じじゃなかったなぁ」

「城で《騎士《きし》の魔女リカルダ》を見てるから、余計にそう思うのだろう」

「俺、リカルダは苦手。いっつもツンツンしていて、自信家で……」

「王の警護にあたるから、気を張っていないと務まらないのではないか？」

「やだレオ。リカルダのこと、えらくかばうじゃないの」

じとっとした視線を送るラフィレンに、レオラートはあきれた息を吐きだした。

彼もフレデポルト王と同じく【トット・アカデミー】時代からの友人だ。オルバートン伯爵家《はくしやくけ》の三男である彼は自由気ままで、『ラフィレン・ペルニー』という筆名で小説を執筆《しっぴつ》し、巷《ちまた》では人気を博している。

「そろそろ帰らないと、兄上たちが心配するのでは？」とレオラートが背を向けると、

「《王の魔女ベアトリクス》」

彼女の話をリルちゃんにはしたの？　とラフィレンはレオラートに問いかけた。

「……」

レオラートは一瞬《いっしゅん》、押し黙《だま》ったのち、「……いや」と答える。

「いや、話す必要性を感じない」

「へぇ。仮にも《雨の魔女》の後継者《こうけいしゃ》なのに？」

「《王の魔女ベアトリクス》は五十年以上もまえに亡《な》くなった。……あちらに後継はいない」

「だから、《雨の魔女》との確執《かくしつ》はもうチャラってこと？」

――確執。

「ラフィ、なにが言いたい？　私はリルに、姉にネックレスを贈《おく》った主を捜《さが》してもらいたいだけだ」

感情を覆《おお》い隠《かく》すように、淡々《たんたん》と告げたレオラート。ラフィレンは肩をすくめた。

「ちいさな嘘《うそ》を隠すには、より大きな嘘が必要になるってこと。友人だから気になっただ

け」

「……」

灰色の眼《まなこ》でラフィレンを眺《なが》めたレオラートは「寛大《かんだい》な心遣《こころづか》いに感謝する」と言って、執務室を出る。

コツコツと規則正しい靴音《くつおと》が廊下《ろうか》に響く。

レオラートは書庫の扉《とびら》のまえに立ち、息を落とした。おのずと、廊下のつきあたり——西の角部屋に目を向ける。

姉エレノアがつかっていた東の居館一階の角部屋。その部屋と中庭を挟《はさ》んで対角に位置する西の居館二階の角部屋は五十年経ったいまでも、当時のままに置かれている。

——《夢見の魔女ベアトリクス》。

灰色の瞳で他人の夢を盗《ぬす》み見たと伝わる。

百年前——統一戦争がまもなく終結されるころ、のちの王バルトルトは、毎夜ひどい悪夢にうなされた。その王の夢を操《あやつ》り、悪夢を退け、王の精神を救ったのは《夢見の魔女ベアトリクス》。以後、多大なる信頼《しんらい》を寄せられた魔女と王との間に愛が芽生え、王妃《おうひ》に就《つ》いたとの逸話《いつわ》が残されている。

レオラートは扉に手を添《そ》え、しばし、考えこんだ。

《夢見の魔女》はのちに《王の魔女》と呼ばれるようになり、同時に、統一戦争で最大の功労者と謳《うた》われる《雨の魔女》は王の側《そば》を離《はな》れ、郊外《こうがい》に引きこもる。

——以降、城からの便りには一切《いっさい》反応せず、恩給もつかわない……。

視線を落としたレオラートは、扉をゆっくり押し開ける。窓も開けられていない書庫は古紙の匂《にお》いが充満《じゅうまん》していて、季節が初夏ということを忘れさせる。

——リルはどこまで知っているのだろうか。

ふと、そんなことが脳裏《のうり》をよぎった。

——あれは『残像』と言っていいのかな。

屋敷《やしき》に戻《もど》ったリルは言葉すくなに考えこむ。

『残像』とは物の記憶《きおく》である。物が『人』や『事象』を覚えていて、それを魔力《まりょく》によって呼び起こさせる。魔力に関係なく、波長の近しい者に見せる場合もある。

エレノアの部屋で見えたものは、部屋の記憶と言ってよかった。部屋が、主人と過ごした記憶を波長の近しいリルに見せたのだ。もしかしたら、レオラートが持っていたエレノアのネックレスに反応したのかもしれない。

——でも、グラスハウスのあれは……。

リルは長い前髪《まえがみ》のうえから額を手で押さえた。鮮明《せんめい》すぎて、強烈《きょうれつ》すぎて、頭が痛む。

——見たことのある顔……わたしを『アレクシア』と呼んだ……。

目を細め、チカチカと目のまえで火花が飛ぶのが治まるのを待った。師アレクシアが亡くなってから、ときどき起こる発作《ほっさ》のようなものだ。

魔法を使おうとすると、『魔女の目』で名を読もうとすると、こうなることが多い。師を亡くした喪失感《そうしつかん》から来るものだろうか。魔法を使わずにいると発作は起きないので、リル自身はあまり深く考えないようにしていた。

「おかえり、リルちゃん。庭は楽しかったかい？」

アーチ状の階段を二階から下りてくるのはラフィレンだ。繊細《せんさい》なブラウンの髪を揺《ゆ》らし、優雅《ゆうが》な物腰《ものごし》のまま、リルのまえで足を止めると、

「グラウオール邸《てい》の庭園は広かっただろう？　つぎに行くときはぼくの馬に乗せてあげるよ」

「ラフィレン様、御帰《おかえ》りでしょうか？　まえに馬を用意しております」

「ありがと、シドウ」

リルのうしろに控《ひか》えたシドウが胸に手をあて、ラフィレンに礼をとる。

「レオはまだ二階の書庫にいるよ。じゃあまたね」

ラフィレンがうつむくリルの顔をのぞきこむ。首元まで襟《えり》が詰《つ》まった黒いドレスを着ていて、手袋《てぶくろ》をはめたリル。年相応に明るい色のドレスを着て、ボサボサの髪をなんとかしたら可愛らしいだろうに——と思ったラフィレンだったが、リルの顔色が真っ青になっていることに気づく。

「……リルちゃん？」

リルはきつく顔をしかめた。全身が粟立《あわだ》つようなおぞましい感覚が襲《おそ》い、視界がぐらぐらと揺れる。

目のまえにいるのはラフィレンだが——あの赤髪の女の眼が忘れられない。

徐々《じょじょ》に大きくなる耳鳴りが、まるで女の悲鳴のようだ。額に手をあてたリルは脂汗《あぶらあせ》を滲《にじ》ませながら、ずるずると床《ゆか》にしゃがみこんだ。

時刻は午後九時を回った。

うっすらと目を開けると、白いヴェールの天蓋《てんがい》が映る。

頭が重く、瞳《ひとみ》だけを動かして横を見れば椅子《いす》に座るレオラートの姿があった。本を開き、視線を左右にめぐらせている。昼間のようなアスコットタイはしておらず、シャツ姿で、ふと、リルの青い瞳と目が合うと本をパタンと閉じる。安堵《あんど》したように表情をゆるめた。

「目が覚めたか？」

リルは瞬《まばた》きをして応じる。どうやら、ひどい眩暈《めまい》を起こし、あのまま眠ってしまったらしい。

「具合はどうだ？」

「……少し、頭が」

「ゆっくり休むといい」

すまない、疲《つか》れさせてしまったようだ、とレオラートが詫《わ》びると、リルはちいさく首を横に振《ふ》った。

「大丈夫《だいじょうぶ》です、ちょっと身体《からだ》がびっくりしただけ」

「びっくり？」

彼女特有の表現だとレオラートは思った。リルはゆっくり身体を起こすと、胸元《むなもと》に手をあてる。

師アレクシアにもらったネックレスを肌身《はだみ》離《はな》さず着けていた。不安に思ったとき、無性《むしょう》に悲しくなったとき、ネックレスにふれては心の安寧《あんねい》を保ってきたのだ。

いまもその感触《かんしょく》をたしかめようとして――リルは動きを止めた。

「お腹《なか》は空いていないか？　飲み物でもなんでも、欲しいものがあるなら言ってくれ」

レオラートはリルに話しかけるが、当のリルは返事もせずに、ごそごそとドレスの首元を探《さぐ》り始めた。

「どうした？」

まるで猫《ねこ》のように首元を引っ掻《か》いていると思ったら、つぎは背中に手をやり、背を丸めたり、逆にのけ反ったりと奇妙《きみよう》な動きを繰《く》り返している。

「す、すみませんけど、一番上のホックをはずしてください」

「なに？」

「ホックです、手が届かないからっ」

——手が届かないならどうやって着たんだ？　とレオラートはごくごく自然に思うわけだが、リルの切羽詰《せっぱつ》まった声に、仕方なく手を伸《の》ばした。夜も遅《おそ》い時間にベッドにいる娘《むすめ》のドレスのホックをはずす——なにやら複雑な心境だ。

「動かないで……」

しなやかな指先で一番上のワッカ状になったスプリングホックをはずし、「下のボタンは？」と訊《たず》ねると、リルはなんどもうなずいた。背中にある丸いボタンも上から順にはずしていくレオラート。白い首筋となめらかな肌が蠟燭《ろうそく》の灯《あか》りに照らしだされ、なんとも言えない気分になる。

——ラフィがいなくて良かった……。

背中のなかほどまでボタンをはずすと、リルはドレスを引き剝《は》がすようにまえにひっぱり、シルバーのチェーンがついたネックレスを服からとりだした。

「あっ……」

短く声をあげたリルの顔がみるみるうちに悲しいものとなり、「どうして――」と切なげに顔を歪《ゆが》める。

不思議に思ったレオラートがリルの手をのぞきこむと、しずく形の青い石が大きくひび割れている。亀裂《きれつ》が上下に走り、いまにも砕《くだ》けそうだ。

「ネックレスか……なにかにぶつけたのか？」

レオラートの問いかけにリルは頭をぶんぶんと振った。

「落としたとか……」

またリルが首を振る。

「大事なもの……なんだろうな」

リルの様子を察したレオラートが気まずそうに声を落とすと、リルはレオラートの方をいきおいよくふり返った。青い瞳《ひとみ》に涙《なみだ》をため、細い眉尻《まゆじり》を下げ、さくらんぼ色の唇《くちびる》をわなわなと震《ふる》わせる。

同時に、窓の外――空がゴロゴロと鳴り始めた。

「リル……？」

レオラートの呼びかけを合図に、「どうしてーっ！」とリルが泣き叫《さけ》んだ。そのリルに呼応するかのように、青い稲光《いなびかり》が空を駆《か》けめぐる。

「な、なんでっ、どうして……うそでしょ!?」

金色の髪を振り乱し、シーツに何度も頭を打ちつけるリルにレオラートは絶句する。その間にも外では雷鳴《らいめい》が鳴り響《ひび》き、耳をつんざくような音を立て、屋敷の近くに雷《かみなり》が落ちた。

「リ、リル、落ち着け……」

「うそうそうそっ、ミス・アレクシアになんて言ったらっ！」

「リル、落ち着くんだ」

頭を左右に振って苦悶《くもん》するリルの肩《かた》をつかみ、「落ち着くんだ」とレオラートは腕《うで》に力をこめる。が、「わ、割れ、割れちゃって、わたし、なんにもしてないのに……」とリルは身体を震わせたまま、目を見開いている。

「自然に割れてしまったのだろう？　仕方のないことだ」

「仕方なくないっ、仕方なくないもん！　こ、これはミス・アレクシアが――」

「先代の《雨の魔女《まじょ》》がどうした。君がいまの《雨の魔女》だろ」

「そ、そうだけど、で、でもっ、わたしなんかっ、わたしなんかっ！」

ヒュッ、ヒュッ、と短い息を繰り返すリルは水面《みなも》に浮《う》かんだ金魚のように口をぱくぱくとさせ、また、寒空の下の子犬のようにカタカタと震えている。

「リル……とにかく落ち着くんだ。深く息を吸え」

「むりよ……だって、こ、こ、壊《こわ》れちゃった……」

「壊れたものはどうしようもない。落ち着け」

「ど、どうしようもないってなによっ、なにも知らないくせに！」

「そうだ私は知らない。落ち着いてから、わかるように話してくれ」

稲妻《いなずま》が鳴り響き、夏の夕立のような強い雨がザーッと降りだした。ふたりがいる二階の窓にも、バチバチと雨粒《あまつぶ》が激しく打ちつけられる。

「ゆっくり息を吸って……吐《は》く。吸って……吐く」

レオラートがリルに言い聞かせれば、

「……すえない」

「吸える」

「……はけない」

「吐ける」

弱々しいリルの声に対し、レオラートは毅然《きぜん》と対応する。丸めた背中をさすり、幼い子をあやすよう、声色《こわいろ》も穏《おだ》やかなものに変えた。

その間にもどこかで雷が落ち、風雨が吹《ふ》き荒《あ》れる。内心、まるで嵐《あらし》のようだと舌を巻きながらも、

「大丈夫だ、リル。落ち着いて深呼吸を――」

レオラートは必死でリルをなだめた。

嵐のような激しい雨だった。

それが一転、厚い雲が立ち退《の》き、星が瞬《また》く夜空に白い月が顔をのぞかせる。

レオラートは窓を開けひろげ、夜風を部屋に通した。うしろをふり返れば、天蓋が垂れるベッドにリルがちいさく丸まって眠《ねむ》っている。

泣き疲れて眠ってしまったわけだが、レオラートはどっと、疲れを覚えた。

——魔力《まりょく》が弱ってしまって魔法が使えないなんて……嘘《うそ》だ。

彼女が情緒《じょうちょ》不安定になるとき、きまって雨が降る。しかも、小雨なんてものじゃない。ドシャ降りの大雨だ。

——《雨の魔女》は特異な『目』を通じて名を知り、万物《ばんぶつ》を操《あやつ》る……だったか。

以前、リルが話していた《雨の魔女》の特性であるが、しかし、彼女は自身の目がピンぼけして、霞《かす》んでいるとも言っていた。

——名は読めないが、魔力はある……。

なぜ、名が読めないのだろうか、とレオラートは不思議に思いながら、リルが眠るベッドの端《はし》に腰《こし》を下ろした。金色の髪《かみ》を乱し、リルはすぅすぅと寝息《ねいき》をたて、深い眠りに落ちている。ハニーブラウンの睫毛《まつげ》に涙がたまり、瞼《まぶた》が赤く腫《は》れていた。

リルの寝顔を眺《なが》めながら、レオラートは遠い昔の記憶《きおく》を辿《たど》る。

昼間、書庫で養護院の記録を探《さぐ》っていたところ、いまは閉鎖《へいさ》されたロスニャ養護院の文書にいきついた。思い返せば、レオラートが【トット・アカデミー】に通っていたころ、領地の視察もかねて、最果てにあるロスニャ養護院を訪《おとず》れたことがあった。

そこには『バケモノ』と呼ばれた少女がいた。天気を読み、人の生死を告げ、恐《おそ》ろしいとシスターにさえも忌《い》み嫌《きら》われた少女だ。

──名は……たしか『リルレティ』。

当時、十五歳だったレオラートは興味本位で少女に近づいた。養護院の裏手にある小川。その土手で膝《ひざ》を抱《かか》えていた少女に声をかけた。

手持ちの菓子《かし》を与《あた》え、いくつか言葉を交《か》わしたように思う。シスターたちの冷遇《れいぐう》を詫《わ》び、君はそのままでいいと伝えた。ただ、それっきりのことだ。

「あの子も、ほかの子どもたちとおなじように扱《あつか》うように」とシスターに命じ、レオラートは養護院をあとにしたが──まもなくロスニャ養護院は内陸地にあるエッケル養護院に併合《へいごう》された。子どもたちの減少によるものだが、新しい名簿《めいぼ》にリルレティの名はなかった。

里親に恵《めぐ》まれたとの話を人づてに聞いたが、レオラート自身も病弱な姉に代わって執務《しつむ》を覚えなくてはならず、その話はそこで途切《とぎ》れてしまった。

「里親が《雨の魔女アレクシア》だったのか……？」

人嫌《ひとぎら》いで有名だった《雨の魔女》が後継者《こうけいしゃ》に迎《むか》えた娘──どこか、腑《ふ》に落ちない感覚があって、レオラートは自身の目でたしかめるべく、リルに接してきた。もちろん、王フレデポルトの命も姉のネックレスの件もある。

レオラートはリルの髪を梳《す》くように撫《な》でた。淡《あわ》い月明かりが白い頰《ほお》を映しだし、華奢《きゃしゃ》な手にはネックレスが握《にぎ》りしめられている。

「──リルレティ」

かすかな声で呼びかけると、リルは瞼を震わせた。風邪《かぜ》をひかさぬよう、キルトを上からしっかりかけてやると、リルの乱れたドレスの隙間《すきま》から、なめらかな素肌《すはだ》に不似合いな火傷《やけど》の痕《あと》が見てとれた。

──これは……。

焼印だった。

初夏の陽射《ひざ》しが降りそそぐ季節──リルは家のまえに立っていた。

木枠《きわく》で造られた塀《へい》は朽《く》ちることなく、白薔薇《しろばら》はたおやかに揺《ゆ》れ、爽《さわ》やかな空の下、空の青に負けないくらい綺麗《きれい》な青い家が見える。

「ここが私とおまえの家だよ。『おうち』って言えばわかる?」

「——おうち?」

「そう。私が建てたものだけど、ふたりで暮らせるくらいの広さはあるから」

「ほんとう?　……ちなみにパンはたべられますか」

「もちろん」

　黒いドレスを着た白髪《はくはつ》の女はしゃがみこみ、痩《や》せこけたリルに目を合わせた。九歳だと話す少女は年齢《ねんれい》のわりにちいさく、爪《つめ》はガタガタと波うっている。粗末《そまつ》な衣服から痛々しい焼印がのぞいて見え、手首には縄《なわ》の痕がくっきりと残っていた。

　女はリルの両手をやさしく握ると、

「パンもミルクもたまごもあるよ。贅沢《ぜいたく》はしないけど、あたたかいベッドで眠れる」

「……べ、ベッド!?　ベッドがあるの?　すごいね、おば……さん?」

　幼いリルは首をかしげて白髪の女を見た。女は苦笑《くしょう》する。

「おばさん……いや、年齢的には『おばあさん』だけどね。私の名はアレクシア。ミス・アレクシアって呼んでくれたら嬉《うれ》しい」

「ミス・アレクシア?」

　リルの呼びかけに、女は立ちあがってうなずいた。照りつける太陽を遮《さえぎ》るよう、手で影《かげ》をつくり、

「後継なんか迎える気はなかったけど、これもなにかの縁《えん》かね」

「……リルは『バケモノ』だから」

困ったようにもじもじとするリルに、アレクシアは肩をすくめた。あきれたように息を吐きだす。

「おまえは『バケモノ』なんかじゃない。それは『魔力』というもの」

『魔力』は神様からのギフトだよ、とアレクシアは言って、リルの頭をやさしく撫でた。

——ミス・アレクシアの瞳《ひとみ》はほんとうに綺麗で……まるで宝石のよう……。

ごろりと寝返《ねがえ》りをうって、ふかふかのピローを抱《だ》きしめる。

——マドレーヌが好きで、放《ほう》っておくと寝てばっかり。たまに起きて白薔薇の手入れをして、街から届く一週間遅《おく》れの新聞を読んで……。

普段《ふだん》は丸い眼鏡をかけてて、魔法を使うときにだけはずすの。それがとってもカッコいい。

『名』を知ることは相手を制すること——だっけ？

お出かけの日は必ず晴れにしてくれるし、洗濯物《せんたくもの》が乾《かわ》かない日も晴れにしてくれる。

——《雨の魔女《まじょ》》じゃなくて《晴れの魔女》って呼ばれたらよかったのにね、ミス・アレクシア。


朝陽が窓から射しこんで、リルはまぶしそうに目を開けた。

ダークブルーのカーテンが開け放たれ、天蓋《てんがい》のヴェール越《ご》しの陽射しがジリジリと熱い。

「……ここ、どこ？」

のっそりと上半身を起こしたリルは目をこする。昨夜《ゆうべ》の頭痛は治まっていて、身体《からだ》も心なしか軽い。

――そうだ、ここ……。

グラウオール邸《てい》――、と胸のうちでつぶやくのと同時に部屋の扉《とびら》がノックされた。「リル様、お目覚めでしょうか？」と廊下《ろうか》から声がかかる。

「おはようございます。執事《しつじ》のシドウでございます」

「お、おはようございます……」

「お部屋に入ってもよろしいでしょうか？」

「どうぞ」

シドウは昨日と変わらぬ様子で部屋に入ってきた。背筋がピンと伸《の》び、銀色の丸眼鏡をかけた姿だ。その丸眼鏡が師アレクシアを思い起こさせて、リルに親近感を抱《いだ》かせる。

「お身体の具合はいかがでしょうか？　よろしければ、朝の身支度《みじたく》をお手伝い致《いた》したく」

すらりと背の高いシドウのうしろに、恰幅《かっぷく》のよいメイドが控《ひか》えていた。

「彼女はメイドのクロコと申します。なんでも彼女にお申しつけくださいませ」

シドウの紹介《しょうかい》をうけ、クロコという中年女が会釈《えしゃく》する。水を張った銀のボウルを持ち、「まずは洗顔を」と言った。

クロコがブラシでリルの金色の髪《かみ》を丁寧《ていねい》に梳《と》かしていく。

「リル様は何色がお好きでしょうか？」

「えと、青とか黒とか……白も好きです」

「さようでございますか。では今日のドレスは青にいたしましょう」

「え」

洗面ボウルで顔を洗うまではよかった。クロコから手渡《てわた》されたタオルで顔を拭《ふ》き、着てきた黒のドレスを着直そうとしたら、うしろのボタンが取れてしまっていた。

「あれ……」

首をかしげるリルに、クロコは「よろしければ私がお手伝いいたします」と寝ぼけ眼《まなこ》のリルの前に立った。背丈《せたけ》はリルと変わらないが身幅《みはば》がしっかりとあって、朝陽を背に、なんともいえない迫力《はくりょく》がある。

「旦那様《だんな》とご一緒《いっしょ》に朝食を召《め》し上がるのなら、少し髪も整えましょう」

クロコがリルの金色の髪を梳きはじめると、「あら!?」と短く太い眉《まゆ》がよる。「こ、これはなかなか……」と渋《しぶ》い表情をし、念入りにブラッシングをし始めた。

――そういえば、まえに髪を梳いたのっていつだっけ?

アレクシアが生きていたころは、アレクシアが梳かしてくれていたように思うが、ひとりきりとなってからは記憶《きおく》にない。

「か、髪はのばされていらっしゃるのでしょうか?」

クロコが悪戦苦闘《あくせんくとう》しながら、リルの髪をブラッシングしていくと、「全然」とあっけらかんとした声が返ってきた。

「切るのが面倒臭《めんどうくさ》いので、そのままにしてるだけです」

「そうでいらっしゃいましたか。では毛先を整える形で、少しお切りしてもよろしいでしょうか? 傷《いた》んでいる部分を切りそろえれば髪もまとめやすくなります」

「……おねがいします」

ものぐさなアレクシア以上に、リルは身なりに無頓着《むとんちゃく》だった。ドレスが破れていても、髪がのび放題でも、お腹《なか》がすくわけではない。

ドレスを買うお金があるならば、パンを買いたい。たまごだってミルクだって、できればはちみつだって買いたいのだ。

リルが窓から見える青空をぼんやりと眺《なが》めていると、クロコはてきぱきと手際《てぎわ》よくリルの髪を整えていく。

「前髪も切らせてくださいましね。目に入らない程度にすれば、よくお似合いだと思います」

うしろの髪はまとめましょうか、暑くなりそうですから……、とクロコは流れるような手さばきでリルの髪を編みこみにし、まとめあげる。

「では身体を拭いて……ドレスはこちらのものに」

「やっぱりドレスは着てきたものにします。うしろのボタンだけ縫《ぬ》いつけたら着られますから、針と糸を貸していただけませんか？」

「いえ、リル様。それは私どもがいたしますので……ほら、いかがでしょう。旦那様が朝からお選びになったドレスです。ボートネックで露出《ろしゅつ》がすくないのですよ」

そろいの色でレースの手袋《てぶくろ》もございます、とクロコがドレスをリルのまえでひらりとかざして見せた。

サテンの光沢《こうたく》ある生地《きじ》が初夏の陽射《ひざ》しに反射して、輝《かがや》かしい。深いブルーの色はリルの瞳の色と同じで、肩《かた》の露出はあるが胸元《むなもと》は隠《かく》されている。

リルは胸に手をあてた。自身の身体に刻まれた焼印がこれなら隠せるかもしれない。

アレクシアのもとに来るまでに——リルは旅回りのサーカス団に里子に出された。養護院から養子をとれば減税されるのをいいことに、サーカス団の団長は不思議な力を持つリルを養子にしたのだ。

見世物にされたリルに、いい記憶はひとつたりともない。

たまたまサーカス団の噂《うわさ》を聞きつけたアレクシアがリルをひきとった。いや、ひきとったのではなく買い取った。団長が目をひんむくような莫大《ばくだい》な金を積みあげ、アレクシアはガリガリに痩《や》せこけた少女をサーカス団から連れだしたのだ。

サーカス団の印である鎖《くさり》を模した焼印は鎖骨《さこつ》の下と左手の甲《こう》に押され、十七歳になったいまでも赤く残る。アレクシアが魔法《まほう》で消そうとしてくれたこともあったが、リルはどんなに暑くてもそこを隠すようなドレスを着て、手袋もはめてきた。

――もしかして……領主様に見られた？

リルの胸がちくっと痛む。服で隠せるのだから、焼印なんてどうってことなかった。

だが、レオラートに見られたかと思うと……なぜか胸がちくちくと痛んだ。

クロコにドレスを着せてもらい、壊《こわ》れかけのネックレスをふたたび首にかける。ネックレスに手を添《そ》えたリルはクロコが用意した姿見をちらりと見る。

「とてもお美しゅうございます」

クロコが満足そうに微笑《ほほえ》み、リルは顔を赤らめた。「こ、こんなに豪華《ごうか》な……困ります」

涙《なみだ》まじりに訴《うった》えると、

「お綺麗《きれい》でございますよ。全然、豪華でなんかございません」

「これが豪華じゃない？」

「はい」

クロコは胸に手をあて、大きくうなずいた。

「街の大通りを歩かれたことはございますか？　いまのリル様よりも、うーんと派手で華《か》美《び》なドレスをお召しになった淑女《しゅくじょ》が歩いていらっしゃいますよ」

「いや、でも……」

「試《ため》しにどこかの屋敷《やしき》で開かれているお茶会をのぞいてみてください。フリフリのドレスや露出の高いもので身を包まれたご令嬢《れいじょう》ばかりです」

「わたし、お茶会をのぞくことなんてないけど……」

「大丈夫《だいじょうぶ》です、リル様はいまから旦那様とご一緒に朝食を召し上がるだけです」

「朝食……」

「王都随一《ずいいち》のシェフが自慢《じまん》の腕《うで》をふるっております。パンやスコーンもすべて自家製で、とりわけ、スコーンは表面がサクッと、なかはしっとりとしていて、たいそうおいしゅうございます」

ブルーベリージャムやマーマレードジャムを添えて召し上がると最高です、と声高らかに説明するクロコに、

「スコーン……ジャム……」

リルの口のなかによだれがじゅわっと湧《わ》きでて、お腹がぐぅっとなる。


レオラートは新聞を読んでいた。

シルクのアスコットタイに黒のウェストコート姿で、クロコに案内されて食堂に姿をみせたリルを見て、一度は目を丸くさせたのち、優雅《ゆうが》に微笑んだ。

「おはよう。よく似合っている」

「お、おはよう……ございます……」と消えいるような声とともにうつむいたリル。前髪をクロコに切ってもらったおかげで、視界がずいぶん明るい。窓からはいる朝陽がテーブルを照らしていた。

レオラートはゆったりと新聞を折りたたみ、控《ひか》えていた給仕係《きゅうじがかり》に手渡《てわた》す。

「さぁ座って」

食堂の入り口でまごつくリルを席に促《うなが》し、グラスを手にしたレオラート。リルはクロコが引いた椅子《いす》にちょこんと腰掛《こしか》ける。どこか落ち着かないリルのまえに、焼きたてのスコーンが盛られたプレートと湯気が立つオムレツが置かれた。

「オムレツ……！」

「うちのは私の好みでベーコンが入っている。口に合うといいが」

「べ、ベーコン⁉」

リルの目が輝きを増した。ぷるんと震《ふる》えそうな弾力《だんりょく》のあるオムレツ。パセリときのこソテーが添えられ、トマトソースがかかっている。

「どれも好きに食べてくれ」

リルがオムレツに目を釘《くぎ》づけていると、じゃがいもの冷製スープ、ほうれん草とトマトのサラダ、鶏《とり》ハム、マッシュポテトなどの料理がつぎつぎと運ばれてくる。プレートのスコーンは甘くも香《こう》ばしい香《かお》りを漂《ただよ》わせていて、「さぁ、食べよう」とレオラートがナプキンをひろげた。

リルも見よう見まねでナプキンをひろげると、真っ先にシルバーのプレートに手を伸《の》ばし――クロコから聞いていたスコーンだ――まずはジャムも塗《ぬ》らずに、ぱくりとかぶりつく。焼き目のついたサクサクの生地。口にひろがるバターの香りと、ほんのりとした甘さがクセになる。

「ん～～」

満足そうに顔をほころばせるリルに、ふ、とレオラートの表情もゆるんだ。

「あの、白薔薇《しろばら》のことですが……」

ひととおり食べ終えると、リルはナイフとフォークを皿に置く。

「お話が遅《おそ》くなってしまいましたが、昨日、グラスハウスのなかの薔薇園を見てきました」

リルの声にレオラートが顔をあげ、灰色の眼《まなこ》をリルによこした。黒い瞳孔《どうこう》に灰色の虹彩《こうさい》。

……昨日、薔薇園で見た赤髪《あかがみ》の女と同じ色の眼だ。

「ああ。どうだった？」

レオラートの眼をリルはじぃっと観察した。レオラートは不思議に思いながらも、目をそらさず、水の入ったグラスに手を伸ばす。

──あの女の人と似てるけど……。

薔薇園にいた赤髪の女は、とても悲しい眼をしていた。悲しげで、怒《いか》りにも満ちていた。

リルを見て、「アレクシア」と呼んだのも気になる。

どこかで会った気がしたが、同じく灰色の眼をしたレオラートと面影《おもかげ》が重なることはなかった。

「薔薇園では白薔薇を育てない方がいいと思います」

リルの直感めいたものが警鐘《けいしょう》を鳴らしていた。

「土壌《どじょう》の問題というわけではなさそうですが、白薔薇は育てるのではなく、お買い求めになったほうが安全かと」

「……そうか」

レオラートはグラスに口をつけ、うなずいた。

──赤髪の女の人のこと、話したほうがいいかな……。

リルもグラスの水を飲みながら、レオラートをちらりと盗《ぬす》み見する。レオラートは黒髪で、彼の姉であるエレノアはおそらく亜麻色《あまいろ》の髪だ。

では、あの赤髪の女がグラウオール家とどういう縁《えん》があるのか。彼女が白薔薇の蕾《つぼみ》を摘《つ》みとっていると話しても、信じてもらえるだろうか……。

──彼女は幽霊《ゆうれい》の類《たぐ》いではないのよね……思念というか、想《おも》いの強さから残ったものなのだろうけど。

あの様子から考えると強い後悔《こうかい》かな……と口内を潤《うるお》す程度に水をふくみ、リルは気難しそうな表情を浮《う》かべる。どこかで赤髪の女を見たような気がするのも、リルの胸にしこりとなって残った。

リルが思案していると、「そういえば」とレオラートが口を開く。

「ネックレス。ひび割れたのが気になるのなら、宝石商を手配しよう。補修できないか訊《き》いてみるのもいい」

リルの首にかけられたシルバーチェーンのネックレス。しずく形の青い石に亀裂《きれつ》が入り、白く濁《にご》ってしまっていた。

リルは目を伏《ふ》せ、

「いいえ、その必要はないです。……ゆうべは取り乱してしまってごめんなさい」

グラスハウスで赤髪の女と遭遇《そうぐう》し、胸がざわついて仕方がなかったとはいえ、あれほど取り乱してしまうなんて……自分が情けない。

アレクシアとの暮らしは、過酷《かこく》な生い立ちのリルに絶対的な安らぎを与《あた》えてくれた。そのアレクシアが亡《な》くなって、リルは自分自身がどう立っていればいいのか、どういう魔女《まじょ》であればいいのか、わからなくなった。

かつて『バケモノ』と呼ばれた魔力は変わらずあったが、安定せず、肝心《かんじん》の『魔女の目』は霞《かす》んでしまう――

リルがやるせない息を落とすと、

「そのネックレスの謂《いわ》れをたずねても？」とレオラートが問いかける。

「……ミス・アレクシアからの頂き物です。亡くなるまえに手渡されて――『割れるまではつけていなさい』と言われていました」

「『割れるまでは』？」

今度は、レオラートが訝《いぶか》しげに声をあげた。ネックレスを贈《おく》ること自体はめずらしくないが、それが割れる――壊《こわ》れることを想定しているというのは、あまり聞いたことがない。

「ネックレスの石が割れることを《雨の魔女》は想定していたというのか？」

「……わかりません」

ほかにもお話ししてくれましたが……わたしには意味がわかりませんでした、とリルはふたたび息を落とす。

アレクシアは眠《ねむ》るように息をひきとった。

そのまえからだんだんと眠る時間が増えていき、日中でも起きて過ごす時間がすくなくなっていた。一年前のいまの季節──起きてこないと心配したリルがベッドに様子を見にいったら、そのまま亡くなっていたのだ。

ネックレスはその一週間前に託《たく》されていた。『割れるまではつけていなさい』という言葉の意味は理解できたが、それ以外はむずかしくてリルの頭に入ってこなかった。

──ミス・アレクシアのように『目』が見えたのなら、お姉さまのネックレスの贈り主だって、すぐにわかるのに……。

リルは息を吐《つ》く。

「ネックレス……あ、お姉さまのネックレスのほうです。まだ贈り主がわかりません……昨日、案内していただいた部屋に、手がかりが残されているような気もするのですが……」

亜麻色の髪をした女性はずっと庭を眺《なが》めていた。じっとなにかを見つめるような眼差《まなざ》し。いったい、なにを映していたのだろう、とリルは思う。

思いつめたリルの様子にレオラートは一呼吸置くと、「この後の予定は？」と訊《たず》ねた。

「今日は午前中なら時間がある。君の予定が空いているのなら、気分転換《てんかん》にどこかへ出かけよう」

「？」

「せっかく着飾《きかざ》ったのだから、街にでも――」

「あ……いえ、そのまえに少し確認《かくにん》したいことがあります」

リルは顔をあげ、レオラートをまっすぐ見た。「お姉さまのネックレスと、直接的なつながりがあるかどうかはわかりませんが」と前置きし、

「グラウオール家に赤い髪をした女性はいらっしゃいましたか？　もしくは、なにかしらご縁のある方で」

「なに？」

レオラートは思案するような表情を見せたが、「なぜ、いまそんなことを？」

「昨日、グラスハウスの薔薇園で赤い髪をした女性を見かけました。見かけたと言っても、残像……強く残った『思念』のようなものです。白薔薇が咲《さ》かないのも、その方が関係しているかと」

具体的に「蕾をむしり取っている」とは言わなかったが、初代国王であるバルトルト王時代からつづくグラウオール家なら、なにかしら因縁《いんねん》を抱《かか》えていてもおかしくはない。

恨《うら》みを持つ女の思念があることを知って、そのままにしておくのはリルには憚《はばか》られた。

——真紅のドレスに赤い髪、瞳《ひとみ》は灰色で……肌《はだ》は陶器《とうき》のように青白い。

レオラートの答えをリルは待ったが、

「さぁ……私は記《き》憶《おく》にないな」

レオラートはあっさりとした様子で返し、席を立ってしまった。

# 第三話

「どうだ？　《雨の魔女》の様子は」

　街でリルと別れたレオラートはそのあしでグラウス城へ出仕した。磨《みが》き上げられた城内の廊下《ろうか》を歩いていると、うしろから声をかけられる。護衛を引き連れた王フレデポルトだ。

「これは、陛下」レオラートが足を止めると、

「このあと時間はあるかい？　部屋で話を聞かせてくれ」

　フレデポルトは赤髪《あかがみ》をなびかせ、レオラートを肩越《かたご》しに追い越《こ》していく。甲冑《かっちゅう》を着た厳《いか》めしい護衛があとにつづくが、

　──《騎士《きし》の魔女リカルダ》……。

　アッシュブラウンの髪を短くし、緑色の外套《がいとう》をつけた姿で、背はレオラートよりも低いがなんとも迫力《はくりょく》のある女性だ。

　そのリカルダがレオラートを横目で一瞥《いちべつ》し、ふっと嘲笑《ちょうしょう》する。

「──陛下。《雨の魔女》など過去の遺物でしょうに」とフレデポルトに進言し、フレデポルトは陽気に笑い飛ばす。

「さぁ、私は会ったことがないんでね。エクター公の報告を首を長くして待っていたのだ」

「そんな回りくどいことをなさらず、この城に呼びつければよろしいものを」

《雨の魔女》から手紙の返事が来たことはない。私にはつれなくってね」

「なんと無礼な」

去りゆくふたりの会話を遠いところで聞きながら——おっとりとしていて、どこか自信がなさそうなリルとは対極にいる魔女だとレオラートは思う。


二階にある王の執務室《しつむ》に入ると、フレデポルトは椅子《いす》に腰《こし》を下ろした。

「で、詳細《しょうさい》は？」とあとから部屋につづいたレオラートに訊ねる。

「人払《ひとばら》いは？」

「リカルダかい？　彼女も魔女だ。かまわない」

脇《わき》に控《ひか》えたリカルダに目をやったレオラート。一方、フレデポルトはやさしげな笑《え》みを浮《う》かべ、

「《雨の魔女》の様子は？　そもそも継承《けいしょう》はうまくいっていたのか？」

旧知の友人でもある王に訊ねられて、レオラートは複雑な感情を胸に抱《いだ》いた。《雨の魔女》うんぬんよりも、リルがあんな性格だからかもしれない。

『魔女の継承』は行われたようです。本人も《雨の魔女アレクシア》を名乗っていました」

「ほう」

「ただ、魔力《まりょく》が安定しないようで、ハーブなどの薬草を調合したり、育てている花を売ったりして生計を立てているようです」

そこで控えていたリカルダが、ぷっと吹《ふ》きだした。「ああ、これは失礼」と軽く手をあげ、

「建国四人の魔女でありながら、《雨の魔女》も落ちぶれたものだと思いまして」

「代替《だいが》わりをしても、先代と同じくありつづけるのは難しいことなんだろうよ、リカルダ」

「陛下、そうは仰《おつしや》いましてもね」

リカルダは自身の腰に差した剣《けん》に目を落とした。「私は師リカルダから、この剣を授《さず》けられましたが、己《おのれ》の『魔力』で強固にし、さらなる高みを目指しております」

「君の剣で斬《き》れないものはないのだったね」

「はい」

リカルダは誇《ほこ》らしげに敬礼する。

「初代王妃《おうひ》は長き魔女の歴史において、唯一、婚姻を許された崇高な魔女であらせられた。

……にも拘《かか》わらず、『魔女の継承』はおろか《王の魔女》は一代限りとされた」

壁に掛けられた絵画をちらりと視界にかすめると、

「もしご存命であったのなら……さぞ嘆《なげ》いていることでございましょう。『落ちぶれるくらいなら、継承などしなければよいものを』と」

そう思いませんか、エクター公爵閣下？　とリカルダはフレデポルトではなく、レオラートを意味深に見やった。

「……」

かたや、レオラートはリカルダに対し言葉を返さず、「陛下、もうこれでよろしいか」とフレデポルトに訊《たず》ねた。

「《雨の魔女》をそっとしておいてやるのも恩情かと」

「とはいえ、一度は会ってみたいね」

――ラフィのようなことは言ってくれるな。

レオラートが瞬時《しゅんじ》に胸のうちでぼやくわけだが、フレデポルトはにこっと微笑《ほほえ》むと、

「来《きた》る晩餐《ばんさん》会。建国百周年を祝って開かれることは君も知っているだろう？」

《雨の魔女》もその晩餐会に呼べないか？　とフレデポルトは言った。

「音沙汰《おとさた》はないにしろ、アストリット王国が今日まであるのは、ほかでもない建国四人の魔女のおかげであることに変わりはない」

「しかし、応じるかどうか」

「エクター公。これは王命だ。首に縄《なわ》をつけてでも連れてくるといい」

リカルダが高慢《こうまん》そうに口を挟《はさ》む。友人ラフィレンが心底、彼女を嫌《きら》う理由をレオラートは改めて思い知った。

「どうせ、右も左もわからぬ幼子なのだろうな！」

リカルダが高笑いし、レオラートはフレデポルトに礼をとると、早々に執務室をあとにする。

無性《むしょう》にリルに会いたくなった。

いや、会って、彼女になんと告げたらいいのか。

夕方、リルは郊外《こうがい》のあばら家に戻《もど》った。

マッチを擦《す》って燭台《しょくだい》の蠟燭《ろうそく》に火をつける。ただよう煤《すす》の匂《にお》いにほっと息を吐《は》きだし、細く伸《の》びる橙色《だいだいいろ》の炎《ほのお》を目に映す。

グラウオール邸《てい》のシェフが帰りにもたせてくれたスコーンとマドレーヌをシルバープレートにのせて、リルは小机にそれを供えた。壁《かべ》には師アレクシアが描《えが》かれた絵画が掛《か》けられている。

「ミス・アレクシア。一晩も留守にしてごめんなさい。……グラウオール邸に行っていました」

いつものように、自然とリルは絵画に向かって話しかける。

「もうご存じだと思いますが、領主様のお姉さまの……ネックレスの贈《おく》り主を捜《さが》すよう頼《たの》まれています。……わたしの力ではまだ見つけられていないのですが」

苦く微笑んで、リルはシルバープレートのマドレーヌに視線を落とした。全卵を使用した黄色の艶《つや》やかなマドレーヌ。シェル型で作られたそれは端《はし》と表面に茶色く焼き目がつけられていて、アレクシアが好んで食べていた。

「ミス・アレクシア――どうして、うまく魔法《まほう》が使えないんでしょう？」

リルはつと、絵に描かれたアレクシアに向かって問いかける。いまになって、アレクシアに訊《き》きたいことが山積みだ。

魔力と『魔女の目』の関係、チカチカと目のまえに火花が散る現象、ネックレスが割れてしまった理由。

そして、

――『割れるまではつけていなさい』とアレクシアが言った言葉の意味。

リルは首にかけていたネックレスを手にとり、しずく形の石を見つめた。ひび割れたそれは不思議なことに輝《かがや》きを失っておらず、天窓から落ちるわずかな光に反射してきらめいた。

「……」

このネックレスをもらった日――アレクシアは三日ほどの長い眠《ねむ》りから覚めた夜だった。心配してベッドにつきっきりだったリルに苦笑《くしょう》し、リルのやわらかな頰《ほお》を撫《な》でると、サイドテーブルの引き出しからネックレスを取り出した。

『リル、魔女というものはね……』

物静かで、それでいてあたたかなアレクシアの声。アレクシアは『魔女の目』と魔法が完成する過程をリルに説明し、その上で『割れるまではつけていなさい』と言って、ネックレスをリルにつけた。リルが不思議そうに見上げるとアレクシアは穏《おだ》やかに微笑み――リルはたまらなくなって、アレクシアに抱《だ》きついた。

「ミス・アレクシア……」

リルがふたたび呼びかけて、壁の絵画をあおいだ。後列の一番右端に描かれた師。リルの憧《あこが》れそのものだ。恩人であり、かけがえのない存在。

その師をじっと見つめていると、ふと、師の隣《となり》に立ち、やわらかな笑《え》みを浮《う》かべる女に目がいった。

「……ん？」

唇《くちびる》に赤い紅《べに》をひき、ボリュームのある真紅のドレスを着た女。長い赤髪《あかがみ》を腰《こし》までたらし、王が座る玉座に手を置いている。

「このひと……」

リルが口からこぼれるようにつぶやく。

「たしか、《王の魔女《まじょ》》――」

ベアトリクス、とリルは言って、絵画を凝視《ぎょうし》した。

「……似てる？」

んんんんん？　とリルは建国四人の魔女と初代国王バルトルトが描かれた絵画にギリギリまで顔をよせる。

「このひと……グラウオール邸の薔薇《ばら》園で見た、あの赤い髪の女の人に似てる気が……」

――ミス・アレクシアの隣ってことは、《王の魔女ベアトリクス》……？

たしか、ミス・アレクシアの話では《夢見の魔女》って別名があったような……、とリルは小首をかしげながら、師アレクシアに供えたマドレーヌをぱくりと口に入れた。

「他人の夢のなかに入って、夢を操《あやつ》れるのよね。ある意味、最強だと思うんだけど」

リルはぽつりとつぶやく。

そう、人は眠らずにはいられない。

どれほど心身ともに健康な人間も、毎夜、寝《ね》るたびに悪夢を見れば精神になにかしら異常を来たす。当然、精神が病《や》めば身体《からだ》も病む。

ちなみにリルは夢をあまりみないほうだ。アレクシア曰《いわ》く、「夢は心の隙《すき》」だそうだ。

「《夢見の魔女》がグラウオール邸の薔薇園にいるの？　しかも白薔薇の蕾《つぼみ》をむしってる？」

なんで？　とリルはマドレーヌをほおばりながら言った。

「あ、でも、魔女だからこそ、思念がより強く残っている可能性があるわけね……だって、百年以上もまえの魔女でしょ？」

マドレーヌを食べ終えたリルは両手を組んで、うーん、とうなった。

――お姉さまのネックレスの贈り主も捜さないといけないけど、こっちも気になる……。

白薔薇の蕾をむしる《夢見の魔女》――他《ほか》の色の薔薇は綺麗《きれい》に咲《さ》いているところをみると、白薔薇だけをむしり取っている。

「どうして白薔薇だけ？　ミス・アレクシアは丁寧《ていねい》に育てていたけど……」

リルは絵画に供えた一輪の白薔薇を見る。生前、なぜ、アレクシアが白薔薇を育てているのか訊ねたことがあった。

「『白くて綺麗だから』……だっけ？」

見たまんまの答えに、リルは「へぇ」としか返せなかった。

たしかに白くて綺麗だけれど、アレクシアが白薔薇を見つめる眼差《まなざ》しはやさしげで、どこか一抹《いちまつ》の淋《さび》しさをふくんでいた。

——……。

リルは、かつて師が白薔薇を見つめた目が、昨日、グラウオール邸で遭遇《そうぐう》したレオラートの姉エレノアが庭を見つめる目と、重なるような気がした。

——どうしてなんだろう……。

接点のないふたりにはどういう想《おも》いがあったのだろう、とリルは考えこむが、もちろん、答えが出る気はしない。

夜が更《ふ》け、外ではまた雨が降りだした。

寝つけないリルはアレクシアの本を借りてきて、蠟燭の灯《あか》りをたよりに読んでいる。

『まりょくはうまれながらにそなわりよほどのことがないかぎりきえさることはない』

声に出して読み、ワンテンポ遅《おく》れて、「ああ」とうなずく。

『魔力《まりょく》は生まれながらに備わり、よほどのことがない限り、消え去ることはない』

リルは読み書きをアレクシアから教わった。いまだに難しい文章を読むには時間がかかる。

「ならどうして、わたしの魔力は安定しないんでしょう？」

ベッドに仰向《あおむ》けになり、リルは魔術書《まじゅつ》をぽすりと枕元《まくらもと》に置いた。

ごろんと寝返《ねがえ》りをうてば、壁にかけたドレスが目に入る。裾《すそ》がすとんと下におちたデザインの青のボートネックドレス。サテンの生地《きじ》でつくられ、蠟燭の灯りをうすく反射していた。

――今度、街に行ったらグラウオール邸に返しにいかなきゃ。

なめらかな仕立てで、とても着心地《きごこち》のよいドレスだった。こんなふうに、レオラートは女性にドレスを用意することに慣れているのだろうか。

――エクター公だものね……社交界で人気が高そう。

自分でそう思いながら、胸がどんよりと重くなる。眠ってすべてを忘れたい衝動《しょうどう》に駆《か》られ、無理やり瞼《まぶた》を閉じたが、どうにもこうにも今夜は寝つけそうにない。

「――もうっ」

なかばベッドから飛び起きて、リルは燭台《しょくだい》の火を手燭に移し、二階の自室を出た。階段をリズムよく下りて向かうのは一階――ではなく、地下室へとつづく扉《とびら》だ。

木製だった階段が石造りとなり、頰にふれる空気がひんやりとしたものへ変わる。この場所を訪《おとず》れるのはひさしぶりだった。

もとは洞窟《どうくつ》だった場所をアレクシアが改造したという秘密の書斎《しょさい》。上部に家を建て、地下の洞窟へとつなげた形となっている。

「おじゃまします」

アレクシアが亡《な》くなったいま、この書斎に足を踏《ふ》み入れるのはリルだけだが、どこかよそよそしい心地となって、ひと声かけた。手にしていた手燭をテーブルに置き、リルは部屋全体を見渡《みわた》す。

天井《てんじょう》まで届く書棚《しょだな》が壁際《かべぎわ》に配置され、アレクシアがよくつかっていたハンモックがそのまま吊《つ》り下がっている。そのハンモックの近くに丸い鏡があって、剝《む》きだしの石壁に掛《か》けられていた。

のぞきこんでも、なにも映すことはない——不思議な鏡だ。

アレクシアが生きていたころと同じく黒々と光るそれは、今宵《こよい》もリルの姿を映さなかった。

「本をお借りしますね」

リルは誰《だれ》に呼びかけるでもなく、ひとりごとのようにつぶやくと、書棚に陳列《ちんれつ》された本に目をやった。生前、アレクシアが集めた本で、リルが読むには難しいものばかりだ。

「『エルフの滅《ほろ》びとその真実』『架空《かくう》都市ゴリアテと超《ちょう》新星の因果関係』『新・悪魔《あくま》白書』」

順に本の背表紙を眺《なが》めていくが、

「『マジョラト・マジョールの憂鬱《ゆううつ》』……これはミス・アレクシアのお気に入りの小説ね」

とリルはくすっと微笑《ほほえ》んだ。

王都新聞に連載《れんさい》されていた小説をアレクシアは熱心に読んでいた。一週間遅れの新聞をとりよせていたのも、この新聞小説が目当てだったのだ。

連載が完結すると文庫本が発売される。この文庫本を買うためだけに、ものぐさなアレクシアが王都エペに出かけたことをリルは覚えている。

「初版は作者のサイン入りだったのよね」

たしか作家はラフィレン・ペルニーとかいう名前の……、とリルは『マジョラト・マジョールの憂鬱』の一巻を手にとった。

マジョラト・マジョールという名の――大の甘党探偵《たんてい》が貴族社会に起こる難事件を解決していくという痛快推理小説なのだが、物語の本質は事件解決ではなく、マジョラト・マジョールという謎《なぞ》多き探偵の秘密を読者が暴きだすところにあるらしい。

マジョラトはブルーベリージャムをたっぷりのせたスコーンを食べるのが日課で、小説の流行とともにブルーベリージャムも流行《はや》ったというが、当時のリルは字を読むのが精一《せいいっ》杯《ぱい》で、とても物語に入りこめなかった。

「いまなら読めるかな？」

リルはパラっと本のページをめくってみたが、「いや、でも待って」と手にした文庫本から顔をあげた。

「それよりも、魔力の安定とネックレスの石のことを調べなきゃ」

それから《夢見の魔女》のことも……、と書棚に『マジョラト・マジョールの憂鬱』を返し、代わりに参考になりそうな本を引っ張りだす。表紙を開いてページをめくり、それをまた戻《もど》して——とリルは繰《く》り返す。

蠟燭《ろうそく》の灯りをたよりに本の記述に目を走らせるが、とても頭には入ってこない。まだ『マジョラト・マジョールの憂鬱』を読んだほうがましか。

リルがそんなことを思いながらふり返ると、壁に掛けられた例の鏡が目に映る。

「……」

リルは神妙《しんみよう》な面持《おもも》ちで黒鏡に近よると、

「もしもーし」

小声で呼びかけてみた。

この鏡はリルがここに住み始めるまえからあるらしく、アレクシア曰《いわ》く【対鏡《ついかがみ》】だそうだ。

対となっているもうひとつの鏡と繋《つな》がっていて、会話ができたり、物のやりとりができるという希少な魔法具《まほうぐ》らしいのだが——

「ミス・アレクシアは何気なく使っていたけど、わたしの魔力じゃ反応しないか……」

息を落とし、リルがくるりと背を向けると、

『……めずらしいね？　ミス・アレクシア』

驚《おどろ》いた女の声が鏡から聞こえてくる。

「え」

『あ、ちびっこのほうか。……リルだっけ？』

「え、は、はいっ、そうです！　リルですっ」

リルは黒鏡に飛びついた。

『どうしたんだい、ひさしぶりじゃないか』

「ミス・マクシーネ！　助けてくださいっ」

『え〜？　声が遠いね。あたしゃもうババァだから、もっと大きな声でしゃべってくれよ』

「ミス・マクシーネ、魔力が安定しないんですっ。『名』が霞《かす》んじゃって見えなくって！」

『ハァ？』

黒鏡から、からっとした女の声がする。【対鏡】のもう片方を持っているのは、西の鉱山に住む《石の魔女《まじょ》マクシーネ》だ。

統一戦争後、アレクシアは王都エペ郊外《こうがい》にひきこもったが、マクシーネは戦争の恩賞で得た鉱山の利権を手に、西の鉱山の一角に巨大《きょだい》な屋敷《やしき》をかまえた。

いまの《石の魔女マクシーネ》はその当時のマクシーネではないが、六十年以上もまえに代替《だいが》わりをし、現在も錬金術《れんきんじゅつ》の研究に明け暮れている。

「魔力が安定しなくなっちゃって、困ってるんです。それから、ミス・アレクシアからもらったネックレスの石も割れちゃって！」

『リル、おまえ、なにを言ってるんだい？　対鏡を使えているんだから、魔力が乏《とぼ》しいわけないだろ』

「ええっ⁉」

なにも映らなかった黒鏡にぼんやりと人影《ひとかげ》が映りはじめる。五本の指、すべてに輝《かがや》かしい宝石の指輪をはめた魔女。ゆるやかな巻き髪《がみ》をしていて、髪色はあざやかなピンク色だ。

『リル、おまえは昔から、あぶなっかしいからねぇ』と溜息《ためいき》まじりにマクシーネは言って、膝《ひざ》に座っていた黒猫《くろねこ》が飛び退《の》いた。

「ミス・マクシーネ……『魔女の目』が使えないんです。霞んじゃって……」

『それはあたしにはわかんないよ。努力と根性《こんじょう》でなんとかしな』

「ミス・アレクシアからもらったネックレスの石も割れちゃったんです。直す方法を探してるんですけど……」

『石ぃ？』

マクシーネは首をかしげ、長い爪《つめ》をした手をさしだした。『見せてごらん』

対鏡からにょきっと手が出てきて、ネックレスを催促《さいそく》する。赤い石や黄色の石が指にははめられていて、なんとも豪華《ごうか》な手だ。

「これなんですけど」

リルは自身の首からネックレスをとって、マクシーネの手のひらにのせた。手がすいっとひっこむ。

『どれ』

マクシーネがルーペで石をのぞきこめば、『……バカな子だね』とつぶやいた。ぽいっと鏡に向かってリルのネックレスを投げつけ——リルにすれば、鏡からネックレスが飛んでくる——あわてたリルが両手にネックレスを受けとる。

『魔滅石《まげんせき》だよ、それは』

「魔滅石？」

リルは不思議そうにおうむ返しした。

『だれからもらった？　魔女にそれをわたすなんて、ケンカを売ってるんじゃないかい？』

「え——」

だから、ミス・アレクシアからもらったんですけど？　とリルが言葉をつづけて、マクシーネが驚いたように両眉《りょうまゆ》をあげた。

『ミス・アレクシアからもらっただぁ？』

「はい」

『……あのひとは天才すぎて考えが読めないからねぇ……』

「はい……」

ひとしきり、うーん、とうなったマクシーネは、

『もらったときに、なにか言われなかったかい？』

「えっと、『割れるまではつけていなさい』って……」

リルの答えにマクシーネはまた押し黙《だま》った。ちらりとリルに目をよこす。

『リル、おまえ幾《いく》つになった？』

「十七です」

マクシーネは口をすぼめて顔をしかめると、『それ、割れはじめてるだろ？』と言った。

『魔滅石はね、魔力《まりょく》を抑制《よくせい》する役割があるんだよ。魔獣《まじゅう》の首輪にはめたりね、魔力の暴走を抑《おさ》えるわけ』

「はぁ」

『魔力の不確かな衝撃《しょうげき》を石が吸い込む仕組みなんだけど……割れるにはそれなりに理由がある。最近、なにか変わったことはあったかい？』

例えば無理やり系統の違《ちが》う魔法を使おうとしたとか、曰くつきの呪《のろ》いでも受けたとか……、とマクシーネが人差し指を立てると、リルは目をしばたたかせた。

「変わったこと……」

リルは記憶《きおく》を辿《たど》ったが、真っ先に思い出したのはグラウオール邸《てい》で遭遇《そうぐう》した《夢見の魔女》の姿。あの灰色の眼《まなこ》だ。

物憂《ものう》げで、悲しげで、憎《にく》しみをもった瞳《ひとみ》。

「ミス・マクシーネ。……《夢見の魔女》のことはご存じですか？」

『あん？』

「《王の魔女》のことです」

『ああ、ミス・ベアトリクスのことかい？』

「そうです。――じつは……」

リルはグラウオール邸で遭遇した赤髪の女の話をした。魔滅石が割れる原因になったかどうかはわからないが、あまりの思念の強さにリルは強い頭痛とめまいを覚え、立っていることさえ困難になったのだ。

あれほど強烈《きょうれつ》なものを向けられたのは初めてのことだった。

『……』

一方、リルの話を聞きながら、徐々《じょじょ》にマクシーネは目を伏《ふ》せていった。口元を歪《ゆが》める。

『おまえ、ミス・アレクシアからどれくらい話を聞いてる？』

「え、《夢見の魔女》の話ですか？」

『そう』

マクシーネは近くのテーブルに手を伸《の》ばし、金色のキセルをとった。口に軽く咥《くわ》えると人差し指をくるりと回して、刻みたばこに火をつける。

細く揺《ゆ》らぐ紫煙《しえん》とともに、ふぅ、と息を吐《は》きだしたマクシーネ。

『ミス・アレクシアとミス・ベアトリクス。……ふたりの相性は最悪だったよ』と低くつぶやいた。

『最悪っていう言葉で片づけられないんだろうけど、それくらいしか、あたしには言葉が浮《う》かばないね』

「どういうことですか？　ミス・アレクシアからは《王の魔女》は《夢見の魔女》だったとしか……」

『ミス・アレクシアからはそうなんだろうね。でも、ミス・ベアトリクスは違う』

「違う？」

マクシーネはキセルを吸いこんで、細く吐きだした。煙《けむり》は対鏡《ついかがみ》にも映りこみ、鏡面が薄《うす》く曇《くも》る。

『あたしが魔女の継承《けいしょう》を受けるまえ……そうだね、いまから六十年くらいまえか。ミス・ベアトリクスが先代のマクシーネを訪ねてきたことがあった』

なんとかして《雨の魔女》の呪いから逃《のが》れたいと——必死だったよ、とマクシーネが言った。

『でも、先代のマクシーネもベッドから動けないくらい弱っててさ。こっちは老いだけど。あたしが対応したんだ』

目を細めたマクシーネに対し、

「ちょ、ちょっと待ってください。ミス・アレクシアが呪いをかけていただなんて……そんなこと絶対にありえませんっ」

リルは対鏡の縁《ふち》を両手に持って声を張った。

リルの偉大《いだい》なる師――《雨の魔女《まじょ》アレクシア》は研《と》ぎ澄《す》まされた魔力であらゆる物の名を制し、万物《ばんぶつ》を操《あやつ》った。天候を左右するほどの魔力を持ったが、晩年は魔力が人に干渉《かんしょう》することを誰《だれ》よりも嫌《きら》っていた。

白薔薇《しろばら》もハーブもすべて自身の手で育て、王都エペに赴《おもむ》くときは荷車に乗った。魔女であるまえに人の暮らしを大切にしていた人だ。

そのアレクシアが同じ魔女とはいえ、他人を呪《のろ》う？

リルには信じられなかった。

『お待ち。人の話は最後まで聞きな』

煙をくゆらせたマクシーネが灰皿にキセルをカンと打ちつけて灰を落とす。『魔女って早とちりの癖《くせ》があるのかねぇ』と独り言《ご》ちると、

『お祭しのとおり、ミス・ベアトリクスに、ミス・アレクシアの呪いなんてかかっちゃい

なかったよ。魔女の継承を受けるまえとはいえ、あたしだって先代のマクシーネに鍛《きた》えられてたからね。それくらいは見抜《みぬ》ける』

マクシーネの言葉に、リルはほっと息を吐きだした。胸に手をあて、「ああもうびっくりした……」と率直《そっちょく》な感想をもらせば、

『バカ、話はここからだ』

マクシーネがキセルを対鏡に向かってズズイっとさしだす。

『晩年のミス・ベアトリクスは、ミス・アレクシアから呪いを受けたと思いこむほど……ミス・アレクシアのことを恐《おそ》れていたんだよ』

「？」

『呪われてるって思いこんでるから、恐怖《きょうふ》のあまり、顔も身体《からだ》も痩《や》せこけてね。そこらに出回ってる肖像画《しょうぞうが》とは大違《おおちが》いさ』

「恐れてるって……どうしてですか」

リルのもっともな問いかけに、マクシーネは青いシャドウを塗《ぬ》った目を伏せた。

『そこだね。そこが肝心要《かんじんかなめ》なわけだけど――』

マクシーネがそう言って、キセルを手に椅子《いす》の肘掛《ひじか》けに頬杖《ほおづえ》をつけば、

『結論から言って、わかんない』

「え？」

『呪いはかかってないって、ミス・ベアトリクスに教えてやっても信じないし。わめき散らして怒《おこ》って帰っちゃったし』

先代のマクシーネに訊《き》いても、はぐらかされちゃって理由を教えてもらえなかったし、とマクシーネはつづけた。

「えー」

リルは「大事なとこなのに！」と口を尖《とが》らせたが、対鏡の向こうのマクシーネは、『そんなこと、あたしに言われてもね』とあきれたように息を吐きだした。

『わかっているのは、それから五年くらい経《た》ってからミス・ベアトリクスが亡《な》くなったってこと。曲がりなりにも王妃《おうひ》だったわけだから、国葬《こくそう》も執《と》り行われたけど、どうやら晩年は城にいなかったらしい』

「……」

『で、話をもとに戻《もど》すわけだけど』

おまえがグラウオール邸で見たっていう強い思念ってやつは――、とマクシーネが改めて口にしたところで、リルは「ん？」となにかに気がついて、天井《てんじょう》をあおいだ。

『どうしたんだい？』

「いま、上からなにか聞こえた気が」

馬の蹄《ひづめ》の音……だれか来たのかも？　とリルが小首をかしげると、

『こんな夜更《よふ》けにかい？』

おまえ、いまひとり暮らしなんだから気をつけなきゃいけないよ？　特に男。魔女は男には気をつけなきゃいけない。魔法《まほう》そのものの善し悪しに関《かか》わってくることがあるからね。男って生き物は好奇心《こうきしん》の塊《かたまり》で、持って生まれた習性から狩人《かりゅうど》の気質があるだろ？　だから逃《に》げる女を捕《つか》まえたくなる心理が働くんだよ。そっけなくすると追いかけて来るっていう厄介《やっかい》な生き物で、かといって、手に入れたら餌《えさ》を与《あた》えないっていうクソな側面があるからね。おまえは年頃《としごろ》だから、うんと気をつけなきゃならない。もし男が言い寄ってきたらあたしが分解して錬金術《れんきんじゅつ》の贄《にえ》にしてやってもいい……、とマクシーネが息つく間もなく説法を始めたところで、

「ちょっと見てきます。今夜はありがとう、ミス・マクシーネ」

またお話を聞かせてくださいね、と微笑《ほほえ》んだリルに、マクシーネはきょとんとした表情を浮かべた。

以前見たときよりもうんと大人びた表情をしていて、やわらかい笑《え》みと涼《すず》やかな声。青い瞳《ひとみ》は先代のアレクシアを彷彿《ほうふつ》とさせ、長い髪《かみ》は白金のように美しく、白い頰《ほお》とさくらんぼ色の唇《くちびる》。

夜も遅《おそ》い時間だからだろうが、薄着《うすぎ》で肌《はだ》がのぞいていた。

『まったく、あぶなっかしい子だね』

なにかあったら雷《かみなり》でも落としてやんな、とマクシーネのその言葉を最後に、対鏡はまた黒鏡に戻った。

なにも映さない鏡面だ。


「レオ、待ってくれ」

陽《ひ》が落ち、燭台《しょくだい》に火が灯《とも》されるころ。グラウス城二階——王の執務《しつむ》室をあとにしようとしたレオラートをフレデポルトが呼びとめた。リカルダが魔法によって点《つ》けた蠟燭《ろうそく》の灯《あか》りを受けて部屋に三つの影《かげ》が伸《の》びている。

ふと足を止めたレオラートに、「私の妹との縁談《えんだん》を受けてくれないか」とフレデポルトは一息に懇願《こんがん》した。

「君も知ってのとおり、アリアは今年で十九歳。二十四の君と歳が合う。彼女は君を慕《した》っていて……君との縁談をせがまれているんだ」

赤髪のフレデポルトがレオラートの背を見つめると、

「——陛下。恐れながら」

レオラートは淡々《たんたん》とした様子でふり返った。

「王家と当家はすでに縁戚《えんせき》ではありませんか。……それに私は庶子《しょし》ですし、アリア様の配《はい》偶者《ぐうしゃ》になられる方は他家の方がよろしいかと」とレオラートは灰色の眼《まなこ》をフレデポルトに向ける。臣下ではあるもののエクター公爵として、これまで真っ向から意見を王にぶつけてきた。縁談とて例外ではない。

「実に君らしい、正論を掲《かか》げた断り方だね」

思わず苦笑《くしょう》したフレデポルトは席を立つ。おもむろに壁《かべ》に掲げられた絵画に目をやった。初代国王バルトルトとのちの王妃ベアトリクスを描《えが》いたものだ。

「たしかに王家とグラウオール家は縁戚ではあるが……婚姻《こんいん》関係にあったのは、もう何代前の話だ？」

「……」

「私としても、君がアリアの夫となれば心強い。アストリット王国の三分の一の領土を占《し》めるエクター公爵を懐《ふところ》に収めるわけだから」

「……陛下」

レオラートが怪訝《けげん》そうに眉《まゆ》をよせると、フレデポルトは目を伏《ふ》せた。

「いやいや、君の忠誠心を疑っているわけではないんだよ。アリアの性格を知っているだろう？　欲しいものは手に入れないと気が済まないタチでね。散々、君との縁談をせっつかれて困っている、というのが正直なところだ」

そう言って肩《かた》をすくめるフレデポルトの姿を見てレオラートはちいさな息を落とした。

「王家との縁談になんの不満があるのだ……」と控《ひか》えていたリカルダがあきれた調子でぼやく。

「君も適齢期《てきれいき》だろう？　意中の相手がいるわけでもなさそうだし、前向きに考えてはもらえないか？」

「陛下。残念ながら難しいと思います」

レオラートはきっぱりと断った。フレデポルトは両眉をあげ、一方で、リカルダは苦虫を噛《か》み潰《つぶ》したかのような表情でレオラートを睨《にら》む。

「己《おのれ》の相手は己で見つけます。アリア様にはそのようにお伝えくださって結構です」

「レオ……考えてもみてくれ。その結果、私が絞《し》め殺されたらどうする？」

「それこそ、リカルダ卿《きょう》に守ってもらってはいかがでしょうか？」

「……君もなかなか頑固《がんこ》だね」

やれやれと頭を横にふりながらフレデポルトは腕《うで》を組み、「なぁ、リカルダ？」と《騎《き》士《し》の魔女《まじょ》リカルダ》に同意を求めた。「御意《ぎょい》」とリカルダが深々とうなずく。

「レオ、《雨の魔女》となにかあったのか？」

そのフレデポルトに不意に問いかけられ、かすかに目を見張ったのはレオラートの方だ。

「なぜ？」と口からこぼれるように返す。意表を突《つ》かれた気分だった。

「直接会ったことはないが、彼女も魔女だ」

「……」

――『彼女も魔女だ』。

この短い言葉のなかに、フレデポルトが言わんとしていることが凝縮《ぎょうしゅく》されているような気がした。

近くにいたリカルダが、この言葉をどんなふうに受けとったかはわからないが……フレデポルトと長いつき合いであるレオラートが理解するには十二分すぎる言葉だ。

「……ご心配なく」

レオラートはいつものポーカーフェイスをくずさず、礼をとってから部屋を退出する。

胸の奥がちりっと焼けるように痛んだ気がしたが、気づかないふりをして、執務室の扉《とびら》を閉めた。

霧雨《きりさめ》のような、かすかな雨だった。

夕暮れに城を退出し、馬車で屋敷《やしき》にもどったレオラートだったが、どこか気持ちが落ち着かず、感情のままに馬を走らせていた。

郊外《こうがい》へ向かうにつれて雲が薄《うす》くなり、ぼんやりと月明かりが見えはじめる。その月が東の空に向かって昇《のぼ》るころには深い森が見えはじめ――雨と月光というなんとも幻想《げんそう》的な風景のなかに彼女の家はあった。

庭を埋《う》めつくした白薔薇《しろばら》は眠《ねむ》るように花弁を閉じ、青白く、夜風に揺《ゆ》れている。

夜に馬を走らせるのは何年ぶりのことか。

レオラートはそんなことを思いながら、手綱《たづな》をひき、朽《く》ちる木枠《きわく》の塀《へい》のまえで馬を止めた。ブルル、と馬が大きく鼻息をこぼし、頭を上下させる。

馬上から目線をあげると、二階の部屋の窓から仄《ほの》かな灯りが見えた。レオラートは懐を探《さぐ》り、懐中時計《かいちゅう》をとりだす。午後十一時を回ったところだ。

――まだ起きているだろうか？

頬にうける細かな雨を心地《ここち》よく思いながら、レオラートは二階の窓を眺《なが》めた。

――こんな夜更《よふ》けに訪ねれば、彼女はきっと驚《おどろ》くだろうな。

目を伏せ、自嘲《じちょう》気味に首を横に振《ふ》った。

胸の奥底に妙《みょう》な焦燥感《しょうそうかん》を抱《かか》えている。いつからだろうか。リルに会って、リルを屋敷に招いて……大したことはなにもしていない。彼女は良くも悪くも子どもじみていて、なおかつ、こちらを踏《ふ》みこませない。

――いや、俺は踏みこもうとはしていない。

レオラートは自分で思いながら、苦い感情に襲《おそ》われる。

姉にネックレスを贈《おく》った主を捜《さが》してもらい、フレデポルトにリルを引きあわせれば己の役目は終わる。彼女に近づいた理由は明白で、それ以上でもそれ以下でもないのだ。

しかしなぜか、はぁ、と重い息を吐《は》いて、レオラートはレインコートの奥——ジャケットの内ポケットを探った。ちいさな袋《ふくろ》に硬《かた》い感触《かんしょく》。キャンディだ。

手ぶらでやってくるのは気が引けて、部屋に常備してあった丸いキャンディを小袋に入れてポケットにつっこんだ。リルが甘いものには目がないことを知っていたからだ。

不意に食堂での光景が思い起こされる。

朝食の席でリルから問いかけられたとき、レオラートは言葉に詰《つ》まった。

『グラウオール家に赤い髪《かみ》をした女性はいらっしゃいましたか？　もしくは、なにかしらご縁《えん》のある方で』

当然、心当たりはあったわけだが、口にするのが躊躇《ちゅうちょ》されたのだ。

「……」

ふと、ラフィレンから忠告されたことが頭をよぎり——さすが文筆家、とレオラートは息を吐く。

晩年の《夢見の魔女》がグラウオール邸《てい》に住んでいたということ、いや、グラウオール家が《夢見の魔女》を輩出《はいしゅつ》したことを、レオラートはリルに打ち明けていない。

レオラートの祖父の姉――それが《夢見の魔女ベアトリクス》。のちの《王の魔女》である。

赤い髪に灰色の瞳《ひとみ》をしたベアトリクスは幼い頃《ころ》から魔力《まりょく》が備わり、『他人の夢を盗《ぬす》み見る』という特殊《とくしゅ》な力を持っていたという。

『魔女』を名乗り始めた経緯《けいい》はよくわかっていないが、統一戦争時には《夢見の魔女》と呼ばれ、王バルトルトと戦線をともにしたと伝わる。

戦後、ベアトリクスはバルトルト王の妃《きさき》となり、ふたりの子をもうける。その直系が現国王フレデポルトへ繋《つな》がるわけだが――戦前は辺境地の一侯爵《こうしゃく》にすぎなかったグラウオール家が、アストリット王国の三分の一を占める領地を認められ、エクター公爵に叙任《じょにん》された理由の多くはここにあるだろうとレオラートは推測する。

しかし、ここでひとつの疑問が浮《う》かびあがる。

初代エクター公爵である祖父ウェインの姉であるにもかかわらず、グラウオール家にベアトリクスに関する記録はほとんど残されていない。

晩年、グラウス城ではなく、グラウオール邸に住んでいたということ――それだけが伝わっている。

没後《ぼつご》、ベアトリクスの肖像《しょうぞう》は十万ノクト金貨に使われ、建国史を語る上では欠かせない存在となった。その一方で、ベアトリクスの実像はいまだ謎《なぞ》に包まれたまま、否《いな》、王家からベアトリクスの研究は禁忌《きんき》とされて久しい。

「……」

レオラートは雨でぬかるんだ庭を歩き、あばら家の玄関扉《げんかんとびら》に近づく。ノックをしようと手を掲《かか》げて——やめた。

晩餐《ばんさん》会の招待状を渡《わた》すだけならば昼間に訪ねればいいわけで、こんな夜更けでなくともいい。それにレオラート自身が届けなくとも、従者のザシャかシドウに任せれば済む話だ。

そんな当たり前のことを思いながらも、ふたたび息を落としたレオラートは扉のまえに置かれたポストに目をやる。ブリキの蓋《ふた》を開け、キャンディが入った小袋をいれた。

——これでいい、と自身に言い聞かせるよう踵《きびす》を返したとき、

「だれかいますか？」

扉越《ご》しに声が聞こえてきた。

レモネードのように爽《さわ》やかで、心地よい、あの声だ。

かぐわしいコーヒーの香《かお》りが夜のひそかな楽しみだった。

蠟燭《ろうそく》の灯《あか》りをたよりに白紙の原稿《げんこう》に向かう。羽根ペンにインクをつけ、カリカリと筆を走らせ、たまにコーヒーカップに手を伸《の》ばす。この瞬間《しゅんかん》がいちばん、己が作家だと認識《にんしき》し、書いた文章に酔《よ》う時間だ。

『《雨の魔女《まじょ》》の声は涼《すず》やかで、夜の帳《とばり》が下りた闇《やみ》のなか、ひとすじの希望のようだった』

声を聞いたとたん、黒公爵《くろこうしゃく》の胸が熱くなり、見て見ぬふりをしていた感情がむくりと顔をだす――、と声に出して読みながら、ラフィレンが筆を走らせている。

「……いや待て。さすがに、《雨の魔女》は露骨《ろこつ》すぎてバレるか？　別の名前をあてよう」

原稿用紙の《雨の魔女》のうえから二重の横線を書いて消し、しばし思案したあと、横に《晴れの魔女》と書き直す。

『黒公爵は己《おのれ》の浅はかさを呪《のろ》った。扉を一枚隔《へだ》てただけのこの距離《きょり》がもどかしくてしかたがない。――どうして、こんな夜更けに彼女を訪ねてしまったのか』

インクをつけ、一気に書き上げるとラフィレンは口元に羽根ペンを添《そ》え、しばし考えこむ。

「これ、レオにバレたら怒《おこ》られるかなぁ？　いやでも、『マジョラト・マジョールの憂《ゆう》鬱《うつ》』のときはそこまで怒らなかったし……」

原稿に視線を釘《くぎ》づけたまま、コーヒーカップに手を伸ばし、ぬるいそれをずずっとすする。

『マジョラト・マジョール』シリーズのヒットから四年。『作家ラフィレン・ペルニー』ことラフィレン・オルバートンは、夜な夜な、新作の執筆《しっぴつ》に励《はげ》んでいる。

「『マジョラト』のモデルをレオにしたら、筆が進んだんだよな。今回の『黒公爵』もレオをイメージすると書きやすいし」

首をパキパキと鳴らしながら、コーヒーカップをソーサーにもどしたラフィレン。かわりに、机の隅《すみ》に置いてあった書物を手にとり、ページをめくりはじめる。

「魔女を扱《あつか》うと検閲《けんえつ》がひどくなるから注意は必要だけど、興味をそそる題材だし、なにより本物の魔女に会う機会があるわけで……」

数ページめくった先でラフィレンは手を止める。

「《雨の魔女アレクシア》──ずいぶん怖《こわ》いおばあさんに描《えが》かれているけれど……」

【トット・アカデミー】時代の教書をひっぱりだし、描かれた魔女の肖像画《しょうぞうが》を見る。つぎに、教書を開いたまま、また別の一冊を手にとると、

「こっちはちがう。……金髪《きんぱつ》美女だ」

ともに古い二冊を見比べて、ラフィレンは口の端《はし》をあげた。「同じ人物を描いたはずなのに、どうしてこんなにちがうのかな?」とつぶやく。

「アカデミーで使われる教書の方は怖いおばあさん風。政府が検閲し、ひろく一般《いっぱん》に普及《ふきゅう》しているやつだ」

で、こっちの金髪美女は……、とラフィレンが本の背表紙をのぞきこむと、

「検閲が入ってない、統一戦争直後のやつ。よく古書店に残っていたよな」

半年前にとある古書店で手に入れた本だった。ラフィレンは感嘆《かんたん》の息を漏《も》らし、満足そうに微笑《ほほえ》む。

「どうして《雨の魔女アレクシア》だけが、こんな扱いを受けたのか……他《ほか》の魔女はかわらないのに」

むしろ《王の魔女ベアトリクス》はうんと良いように描かれてる、とラフィレンがつづけて、次のページをめくった。

「【××年――小国家がひしめきあった国土《ウィズリー》において、アストリット大公バルトルトが国土統一にのりだした。従う者もいれば、和平の使者をつっぱね、剣《けん》を手にした者もいる。】」

ラフィレンは好奇心《こうきしん》のままに読み進める。

【××年――アストリット大公は各地に散らばっていた魔女とひそかに盟約を結び、統一戦争に駆《か》りだすことに成功した。応じた魔女は四人。バルトルトはそれぞれの魔女と契約《けいやく》

を結んだと言われているが、その内容は明らかとなっていない。（注釈《ちゅうしゃく》一）魔女は本来、政治には無干渉《むかんしょう》で中立の立場を守るものである。
××年――《雨の魔女》の威力《いりょく》はすさまじく、反対勢力の制圧が叶《かな》う。国土《ウィズリー》の中央に位置するエペを王都とし、バルトルトは新国家の構想に着手する。しかしこのころから夢魔《むま》にとり憑《つ》かれ、精神を病《や》むようになる。
××年――アストリット王国建国。初代国王バルトルト即位《そくい》。同年、《雨の魔女》と《石の魔女》が王のもとを離《はな》れる。《石の魔女》は西の鉱脈の権利を手にし、《雨の魔女》は王都エペ郊外《こうがい》に居を構え、王家との一切《いっさい》の関《かか》わりを断つ。のちの王妃《おうひ》ベアトリクスとの間に第一子誕生。（注釈二）《雨の魔女》なくして統一戦争は終結しておらず、最初にバルトルトと盟約を結んだのも《雨の魔女》と伝わる。
××年――ベアトリクス王妃即位。同年、第二子が産まれる。（注釈三）ベアトリクスはエクター公爵であるウェイン・グラウオールの実姉。《夢見の魔女》とも呼ばれた彼女はバルトルトを献身的《けんしん》に支え、王妃に就《つ》く。（注釈四）そもそも魔女は祖先が悪魔と婚姻《こんいん》したため『魔力』を得たとの謂《いわ》れがあり、生涯《しょうがい》、未婚を貫く。しかし、ベアトリクスが唯一《ゆいいつ》、この慣習を破ったとみられる。】

蠟燭の炎《ほのお》がジジっと音をたて、ラフィレンは唾《つば》を飲みこむのも忘れた。残りすくないコーヒーカップにふたたび手を伸ばす。

【ここからは著者の勝手な推測である。悪《あ》しからずご了承《りょうしょう》願いたい。】

ラフィレンは浅くうなずいて、黄ばんだページを破らないよう、そっとめくる。

【時系列とバルトルト王の側近の証言から考えるに、もともと《雨の魔女》は公私ともにバルトルトの良きパートナーであったのではないか。

事実、統一戦争を戦った騎士《きし》たちは《雨の魔女》を深く慕《した》っている。

それが、《雨の魔女》とバルトルトがなんらかの形で仲違《なかたが》いをし、バルトルトは自身を夢魔の悪夢から救った《夢見の魔女ベアトリクス》に傾倒《けいとう》。婚姻するまでに至った。

結果として、バルトルトは《雨の魔女》を裏切った。】

――《雨の魔女》を裏切った？

「裏切るって……バルトルトが《雨の魔女》から《夢見の魔女ベアトリクス》に乗り換《か》えたって話？」

ずいぶん俗《ぞく》っぽい話になってくるぞ？　とラフィレンは口調とは裏腹にわくわくした様

子で腕《うで》まくりをした。

「《雨の魔女》より、グラウオール家出身のベアトリクスのほうが王妃にふさわしかったってことか？　夢魔からも救ってくれたわけだし……」

腕組みをしたラフィレンは本を開いたまま考える。だが、仮にそうであったとしても、《雨の魔女》の肖像画だけが悪く描かれている理由には乏《とぼ》しい気がする。

──まだなにかあるな？

思案していたラフィレンはおもむろに羽根ペンをとり、原稿に向かった。


「だれかいますか？」

地下の書斎《しょさい》から一階へ戻《もど》ったリルは、扉越《とびらご》しにそっと声をかけた。

外で物音がしたような気がしたが、このような夜更《よふ》けに誰《だれ》かが訪ねてくるとは考えづらい。

気のせいか、と思いながらもドアノブに手をかけ、外を確認《かくにん》しようと扉を開けようとすると、

「──開けなくていい」

泥《どろ》に濡《ぬ》れた靴《くつ》が目に映って、聞き覚えのある声がリルの頭上に降りそそぐ。

「こんな夜遅《よるおそ》くに開けなくていい」

「え」

向こう側から扉を押されて、せっかく開けた扉がパタンと閉じてしまった。リルは目をぱちくりとさせる。いまの声は――

「……領主様、ですよね？」

「――」

「なにか用があっていらっしゃったのではないのですか？　というか、雨が降ってましたよね。いつもの馬車ですか？」

「……いや」

リルはふたたびドアノブをひねって、扉を開けようとした。が、向こう側からレオラートが押さえているのか、扉がびくともしない。

「ど、どうして、扉を押さえていらっしゃるんですか」

「出てこなくていいからだ」

「出てこなくていいって……せっかく訪ねてこられたのに！」

「キャンディだけ置いて帰るつもりだった」

「キャ……キャンディ!?」

思わず、リルの声がうわずった。「キャンディって……あの甘くて丸いやつ⁉」と声にすると、扉にかかった力が少し緩《ゆる》んだ気がした。

「ポストに入れておく。夜更けにすまなかった」

「待ってください！　っていうか、ここ開けてください！」

「いやだ」

怪訝《けげん》そうに眉《まゆ》をひそめたリルは口をへの字に曲げた。顔を見たくない、という話だろうか。

「……開けてください」

どん、と力任せに体当たりし、ドアノブに全体重をかける。「ふぐぐぐ……」と鉄製のドアノブをひねっていると――「ちょっと待て」と溜息《ためいき》交じりの声が聞こえ、今度は簡単に扉が開いた。

「えっ？　え、え、え！」

おっおっおぉっ？　といきおいあまって外に飛び出したリルは、どん、と硬《かた》いものにぶつかる。平織りの上等なジャケットに白シャツ、雨雫《あましずく》がしたたるレインコート。

「いたたた……」

鼻をさすり、そろりと顔をあげれば、困ったようなあきれたような顔をしたレオラートがいた。

「……君は本当に魔女《まじょ》か？」

「ご、ごめんなさい……」

「鼻は折れ曲がってない？」

「おかげさまで……」

ちいさな鼻をさすったリルはレオラートをあおぎみた。いつも整えられた黒髪《くろかみ》が雨に濡れて乱れている。ひょこっとレオラートの向こう側をのぞくと、一頭の馬が木枠《きわく》の塀《へい》につながれていた。

「馬でいらっしゃったんですか？」

「ああ」

「雨が降っているのにどうして？」

「気晴らしに」

レオラートは答えながら、ポストに入れた小袋《こぶくろ》をとりだし、リルにさしだした。

「明日の朝でいいのに」

両手を出したリルの手に置いてやれば、リルはレオラートの小言など耳に届かないように顔をほころばせた。「五つも入ってる！」と嬉《うれ》しそうに小袋をのぞきこんでいる。

――五つなどと言わず、キャンディポットごと持ってくればよかった。

レオラートが思わずそう胸の内でつぶやくほど、食べ物に関するリルの反応は素直《すなお》で悪気がない。

「では私はこれで」

雨でぬかるんだ庭先をレオラートが踵《きびす》を返すと、リルはあわてて顔をあげ、レインコートをうしろから摑《つか》んだ。

「待ってください！　ずいぶん濡れてます。服を乾《かわ》かすくらいはできますから」

ぐいっと引っ張られ、肩越《かたご》しにふり返ったレオラートは目を見張った。

寝衣《しんい》だろうか。淡《あわ》いブルーのゆったりとしたワンピースに麻地《あさじ》のストールを羽織ったリルは月明かりのように肌《はだ》が白く、瞳《ひとみ》の青さが際立《きわだ》った。ボサボサだった金色の髪《かみ》はグラウオール邸《てい》の敏腕《びんわん》メイド・クロコによって手入れされ、見違《みちが》えるほど美しくなっていた。

いや、これは容姿だけの問題ではない。

「今夜は帰る」

とっさに顔を背《そむ》けたレオラートのレインコートをリルは離《はな》さない。

「領主様、ずぶ濡れのまま馬に乗って駆《か》けたら風邪《かぜ》をひいてしまいます」

「そんなことはない」

「それに領主様ともあろう方が――」

「領主様と呼ぶな」

リルに背を向けながら、レオラートはぴしゃりと言った。そう呼ばれるとリルから大きな線引きをされているように感じられ、無性《むしょう》に腹が立った。

「君はもう私の領民ではない」

ほかに言い方があっただろうに――とすぐさま悔《く》やむほど、レオラートはそっけなく言ってしまった。エクター領の養護院出身だからか、リルはレオラートのことを未《いま》だに「領主様」と呼ぶわけだが……。

「……ごめんなさい」

子犬のような彼女がどんな顔をしているのか、見なくとも手にとるようにわかる。レオラートは髪をくしゃりと掻《か》きあげた。

いったいこれはなんの試練だろうか。


暖炉《だんろ》に薪《まき》を組み、赤く火のおこった炭を火ばさみで奥に入れこむ。

火が薪に燃えうつるあいだ、部屋の壁《かべ》から壁に縄《なわ》を渡《わた》したリルは、レオラートの濡れた衣服をひろげて干す。ポールハンガーにタイなどの小物をひっかけ、リルは人差し指をくるっと回した。どこからともなくかすかな風が巻きおこる。

「――」

リルがちいさくなにかをつぶやくと、風が一定にそよそよと吹《ふ》く。ぽたぽたと雫をたらす衣服たちがかすかに揺《ゆ》れはじめた。

「しっかり乾いてね」

子どもに言い聞かせるように人差し指をたてたリルは、くるっとふり返った。テーブルの横に立つレオラートはバツの悪そうな顔をする。身体《からだ》に大きなシーツをまとい、なんとも情けない格好だった。

「すみません、男物の衣服がなくって」

「いや……」

「今朝、クロコさんに着せていただいた綺麗《きれい》なドレスならありますけど……」

リルが上目でちらっとレオラートをうかがうと、「勘弁《かんべん》してくれ」とでも言うように片手で顔を覆《おお》った。「と、とても着心地《きごこち》がいいんですよ?」とリルは付け加えるが、レオラートは溜息とともに椅子《いす》に腰《こし》をおろした。

「それで……『魔女の目』が使えるようになったのか?」

リルがその場を離れても、風は絶え間なく吹いている。ここは家のなかで、窓はどこも閉め切られているというのに。

「魔法《まほう》だろう、それは」

レオラートが訊《たず》ねると、リルは洗濯物《せんたくもの》に目をやり、「ああ」とこぼした。

「なんとなく……なんですけど」

『名』を見ようと目をこらしても、霞《かす》んじゃうというか、疲《つか》れるだけなので……なんとなく、遊びに誘《さそ》う感覚で話しかけてみることにしたんです、とリルはつづけた。

「風は歌が好きだって、ミス・アレクシアが言っていました。水は淋《さび》しがりやさん、火は好奇心旺盛《こうきしんおうせい》、雲はせっかちなところがあるって——昔は意味がわかりませんでしたけど、いまならなんとなく……」

照れるような笑《え》みを浮《う》かべたリルに、レオラートは目を細めた。今朝、朝食をともにしたときよりも大人びていて、わずか半日のあいだに成長したかのようにさえ思う。

「いま、お姉さまのネックレスはお持ちですか？」

リルの問いかけに、レオラートは顔をあげた。

リルとレオラートをつなぐもの——姉エレノアのネックレスだ。

「ジャケットの内ポケットのなかに入っているはずだ」

「出してもいいですか？」

「ああ」

リルは濡《ぬ》れたレオラートのジャケットからネックレスをとりだし、「よかった、濡れてない」とほっと息をついた。

「——」

ネックレスを大事そうに手にとったリルは、そのままやさしくささやきかけた。同時に、室内にそよそよと吹いていた風が熱をもってうねる。「待って、落ち着いてっ」とリルが天井《てんじょう》をあおぐと、風はレオラートに向かって吹き、頰《ほお》をかすめて抜《ぬ》けていく。濡れた黒髪が揺れ、レオラートがふたたびリルを見ると――

「！」

『これをわたくしに？』

『はい。……お嬢様《じょうさま》にさしあげるかどうか迷ったのですが、俺が作りました。弟が銅細工師なので弟に教えてもらいながら』

『まぁすごい。素敵なフクロウね』

やわらかな笑みをたたえた女性が窓辺に乗り出すようにし、明るい陽射《ひざ》しにネックレスをかざしている姿が陽炎《かげろう》のように浮かびあがる。

『無事、ヒバの森のフクロウたちが育つといいわね』

『お嬢様に巣箱を置いてもらってから、ヒナたちも元気にすごしていますよ』

『設置したのはあなたでしょう？　ロルフ』

『いえ、エレノアお嬢様が命じてくださったからです』

窓辺のむこう、庭に立つブラウンの髪をした青年が照れくさそうに頭を掻く。迷うような仕草を見せたあと女性を見つめた青年は、

『エレノアお嬢様、じつは……今日はお別れの挨拶《あいさつ》にきました』

故郷の父親が病で倒《たお》れたようです……もともと身体の弱いひとでしたから来るときがきたのかもしれません、と青年はうつむいた。

『ロルフ……』

『安心してください。俺がいなくなっても、フクロウの世話は他《ほか》の庭師によくよく頼《たの》んでおきました。もちろん、執事《しつじ》のシドウ様にも』

ですからエレノアお嬢様、どうかお元気で……、と気丈《きじょう》に告げた青年の目にうすく涙《なみだ》がたまる。たまらず顔をそらした青年の手に、亜麻色《あまいろ》の髪をした女性がネックレスとともに自身の手を重ねあわせた。

『このネックレスに毎日祈《いの》りましょう。どうかロルフのお父様が、一日でも早く良くなれるようにと』

『お嬢様……』

青年は顔を赤らめ、胸が詰《つ》まったように目を伏《ふ》せる。

『お、お嬢様、おそれながら――』

『ねぇロルフ、お願いがあるの。十年後……この国が建国百周年を迎《むか》えることはご存じ?』

『は、はい』

『その頃《ころ》にはわたくしも三十を超《こ》えてるし、あなただっていい歳《とし》になってるわよね?』

『はい』

『そのときまで、お互《たが》いにひとりでいたのなら――』

リルの手にある真鍮《しんちゅう》のネックレスが映しだす光景。

そのときの季節と同じような、あたたかな風が部屋に吹いていた。亜麻色の髪《かみ》の女性が青年の耳元でなにかをささやく。青年は目を見開き、『もったいない……お言葉でございます……』と肩《かた》を震《ふる》わせた。

青年の涙を亜麻色の髪の女性がハンカチでやさしく拭《ぬぐ》ってやる。部屋の机には、蕾《つぼみ》のままの白薔薇《しろばら》が一輪、活《い》けられていた。

リルは泣いていた。

青い瞳《ひとみ》からぼろぼろと涙をこぼし、言葉を発せないでいる。

「――君が泣かなくていい」

かたや、レオラートも声を絞《しぼ》りだすのが精一杯《せいいっぱい》だ。

姉エレノアが最期《さいご》のときまで手放さず、愛《いと》おしんだネックレス。ネックレスは若いふたりを覚えていて、リルの起こした風に誘われ、蜃気楼《しんきろう》のように記憶《きおく》を呼びおこした。

「……庭師の手製のものだったのか」

どうりで宝飾店《ほうしょくてん》を回っても行き当たらないはずだ、とレオラートは椅子から立ちあがり、リルに歩みよった。リルの手にあるネックレスの――フクロウのモチーフに目を落とす。

真鍮で作られたそれは赤銅色《しゃくどういろ》をしていて、フクロウの耳は丸みを帯びていた。

「シドウを見知っているような口ぶりだった。屋敷《やしき》に出入りしたことのある庭師の名簿《めいぼ》から捜《さが》しだすことに――」

レオラートが静かに告げると、リルが洟《はな》をずずっとすすった。レオラートはハンカチを取り出そうとして手を胸にやるが――いつもの格好ではないので――身にまとったシーツの端《はし》でリルの顔を拭う。

「そんなに泣くな」

「……ぅ」

「君が泣いたら、雨が降る」

「……そ、それは……」

リルが涙でぐしゃぐしゃになった顔でレオラートを見上げる。遠い記憶のなかにある、あの泣きべそ顔だ。

「――リルレティ」

レオラートの呼びかけに、リルはハッと我に返ったように目を見開く。レオラートは懐《なつ》かしくも苦い感情を胸に覚えた。リルの夜着のワンピースからのぞいた赤い焼印。ロスニャ養護院で受けた虐待《ぎゃくたい》だとレオラートは推測した。

「……すまなかった。もう無くなってしまった養護院とはいえ、君には辛《つら》い思いをさせた」

レオラートの視線が鎖骨《さこつ》の下につけられた焼印に釘《くぎ》づけとなり、すべてを察したリルは、とっさに手で焼印を隠《かく》す。「ち、違《ちが》います」と頭《かぶり》をふった。

「ち、違います。これは養護院でつけられたものではありません」

「違う？」

ではどこでそんなものを……、と眉《まゆ》をひそめたレオラートは壁《かべ》にかけられた絵画をふり返った。「《雨の魔女《まじょ》》か？」と声を低く落とせば、「そんなわけないっ」とリルがレオラートに反論し、腕《うで》にすがった。

「ここに来るまえ……サーカス団にいました。養護院から子どもを迎えると税金が安くなるとか、そんな理由でわたしをひきとって――」

そこでわたし……、と言葉をつづけようとして、リルはあきらめたように息を吐《は》いた。

「ロスニャ養護院を出たのは八歳のときです。それから一年は地方をまわるサーカス団にいました」

「――なんという名のサーカス団だ」

凍《い》てつくような厳しい声を発したレオラート。リルはうつむき、またちいさく首を横に振《ふ》った。

「いまさら、サーカス団にどうこうっていうのはないんです。……ミス・アレクシアが連れだしてくれましたから」

リルはアレクシアのもとにやってきた経緯《けいい》を話した。

『魔女の娘《むすめ》』という芸名でサーカス団の公演に出され、生来備わっていた『魔力《まりょく》』を見世物にされたこと。奴隷《どれい》同然の扱《あつか》いをうけ、逃亡《とうぼう》防止のため鎖骨の下と手の甲《こう》に焼印を押されたこと。その話を聞きつけたアレクシアが公演を見にきて――リルを買い取ってくれたこと。

成長とともに、『魔力』の制御《せいぎょ》が難しくなっていたリル。アレクシアが『魔法』というものを教えてくれ、ここに住むことを許してくれた。

「……ミス・アレクシアには感謝してもしきれません」

指で涙《なみだ》をはらって、リルは壁に掛《か》けられた絵画を見つめた。リルがこの家に来て七年後――アレクシアは眠《ねむ》るように息をひきとった。

残されたのは、この家と青い石がついたネックレス。

いま思えば、青い石――魔滅石《まげんせき》は悲しみに暮れ、『魔力』の暴走を起こしかねないリルを案じた、アレクシアからの最後の贈《おく》り物だったのかもしれない。

「……」

一方、レオラートは今夜ほど己《おのれ》の不甲斐《ふがい》なさを恥《は》じたことはない。

その当時のレオラートは養護院に資金援助《えんじょ》するのが精一杯で、とても養護院から巣立つ子たちの追跡《ついせき》調査まで手が回らなかった。まさか里子に出されたリルがそんな目に遭《あ》っていようとは想像もできなかった。

姉エレノアの件もそうだ。

姉は十歳年下のレオラートが成長し、正式にグラウオール家を継《つ》ぐまではと公爵家の執《しつ》務《む》をこなしていた。なにもかもを放《ほう》りだして身分違いの恋《こい》に……身を投じたい気持ちだってあったはずだ。

それでも自身を律し、グラウオール家を支えた。病をおして、想《おも》い人からもらったネックレスを慰《なぐさ》みに、再会できるかどうかわからない建国祭を心の糧《かて》として――

レオラートは強く拳《こぶし》を握《にぎ》る。

その拳が震《ふる》えているのを見たリルは、心配そうにレオラートをあおいだ。

「……君に隠していたことがある」

胸にわき起こった乱暴な感情を抑《おさ》えるように、レオラートはリルのそばを通りぬけ、まだ乾《かわ》いていない衣服を手にとった。すばやく着替《きが》えはじめる。「今朝、赤い髪《かみ》の女がグラウオール家にいないかどうか訊《たず》ねていただろう？」

私の祖父の姉にあたる女性がそうだ、とレオラートはリルに背を向けたまま言った。

「名はベアトリクス・グラウオール」

「え――」

シャツのボタンを留め、濃紺《のうこん》のジャケットに腕を通す。いつものタイは締《し》めない。代わりに懐中《かいちゅう》時計を確認《かくにん》し、カフスボタンで袖《そで》を綴《と》じた。

「《夢見の魔女》……《王の魔女》といえばわかるか？」

ふり返ったレオラートはまっすぐリルを見据《みす》えた。

深い灰色の瞳には悲しい色が滲《にじ》んでいる。

リルの胸が軋《きし》むように痛んだ。レオラートにそんな顔をしてほしくない。エレノアのネックレスの贈り主を捜《さが》しだし、白薔薇がグラウオール家にも咲《さ》くようにしたかっただけだ。

そう、レオラートを悪く思ったことなど一度もないのに――

「やはり帰る。夜分遅《おそ》くにすまなかった」

それから姉のネックレスの件もありがとう、とレオラートはリルとすれ違いざまに玄関《げんかん》扉《とびら》に向かう。

「後日、礼の品をシドウに届けさせる」

短く告げたレオラートは扉を開けて、小雨が降る闇夜《やみよ》へと身体《からだ》を滑《すべ》らせた。

薄絹《うすぎぬ》のような雲が丸い月にかかり、朧《おぼろ》げに光を放つ。

それから数日がたったある日。王家から招待状が届いた。

二日間にわたって開催《かいさい》される建国祭。その一日目の晩餐会《ばんさんかい》に《雨の魔女》を招待したいという主旨《しゅし》の内容で、リルはポストから受け取ったそれをテーブルに置き、眺《なが》めている。

王家からの書簡はすべて廃棄《はいき》してきた。先代のアレクシアがそうしていたから、リルも守っていたわけだが、招待状の送り主として王フレデポルトだけでなく、レオラートの名が連ねられている。

レオラートはあの夜以来、訪ねてこない。

そのかわり一昨日──執事《しつじ》のシドウがお礼にと金貨と菓子《かし》類を持って訪ねてきた。

あの庭師が見つかったかどうか、リルはシドウに訊ねたが、シドウは神妙《しんみょう》な面持《おもも》ちをして首を横に振った。グラウオール邸《てい》に出入りしていたのは十年以上も前のことで、庭師の故郷をあたってみたが実家は既《すで》になく、現在の消息はわからないそうだ。

「ロルフは腕のいい庭師でした。若かったのですが植物の知識も豊富で、信頼《しんらい》できる青年でした」

思い返せば、あのグラスハウスを薔薇《ばら》園に変えたのも彼でした、とシドウは懐古《かいこ》する。

「薔薇は雨が苦手だからと、屋根があるグラスハウスで栽培《さいばい》することをエレノア様に進言していました。エレノア様が白薔薇を育ててみたいと仰《おっしゃ》って……グラスハウスの奥に白薔薇を植えるようにしたのです」

「……そうだったんですか」

リルはシドウから手土産《みやげ》にもらったクッキーを口に運ぶ。あいかわらず、グラウオール邸のシェフが作る菓子はとても美味《おい》しい。

「そのころからだんだん……エレノア様が部屋から庭へお出になるのが難しくなり、ロルフは季節の花を持ってエレノア様のお部屋を訪ねておりました。まさか、ふたりがそのように心を通わせているとはつゆ知らず……」

シドウはうつむくと、丸眼鏡の下にハンカチをさしこみ、目尻《めじり》の涙を拭《ぬぐ》った。

「あの、それで領主様……レオラート様はどうしていらっしゃいますか？」

リルの問いかけにシドウは顔をあげ、きょとんとした表情を見せたあと、「忙《いそが》しくされておりますよ」とハンカチをポケットにしまった。

「毎年、夏が終わるころに閣下はエクター領に戻《もど》られます。夏のあいだに王都での執務を済ませるため、この時期は多忙《たぼう》を極《きわ》められます。今年は百周年の建国祭もありますしね」

リルは目をしばたたかせた。

「王都へのお戻りは……いつ？」

「そうでございますね。何事もなければ、毎年、春ごろに王都へいらっしゃいます」

「春……」

当たり前だが、エクター公爵であるレオラートには広大な領地があり、一年の大半は自領で過ごす。

——夏の終わりには……会えなくなるんだ。

不意に虚《むな》しさが胸に去来し、リルは目を伏《ふ》せた。「……じつはここだけの話になりますが」とシドウがつづける。

「現在、閣下には数多くの縁談《えんだん》が持ちこまれております。なかでも王家からのものはとてもご熱心で」

「王家ですか?」

「はい。現国王であらせられるフレデポルト陛下の御妹君《おいもうとぎみ》のアリア様が、閣下にご執心《しゅうしん》のようでございます」

陛下も閣下とは旧友の間柄《あいだがら》でございますから、好条件といえば好条件なのですが……、とシドウは息を吐《は》いた。表情がどことなく晴れない。

「話を元に戻しましょう。ひきつづきロルフの行方《ゆくえ》を捜《さが》すつもりです。故郷の実家は無くなっていましたが、弟が銅細工職人ということは王都近郊《きんこう》の組合《ギルド》に入っている可能性があります。ギルドの名簿《めいぼ》から弟を見つけられれば、兄の行方も知れるかもしれません」

「そうですか」

リルが相づちをうち、懐中時計で時刻を確認したシドウは、「それでは私はこれで」と帰っていった。

夏の陽《ひ》が翳《かげ》り、虫の声を聞きながら、リルはテーブルの上に置いた招待状を見つめている。王との連名でレオラートの名が認められたものだ。

生前、アレクシアに王家から届く書簡をどうして処分するのか訊《き》いたことがあったが、『もうめんどくさいの、そういう世情のあれこれと関《かか》わるのは』とそれ以上、話をしなかった。

アレクシアは良くも悪くも、ものぐさで言葉通りのひとだ。腹になにかあるような性格ではない。王家との関わりを『めんどくさい』とひとことで片付けるのも、なんとなく理解できる。

リルは壁《かべ》の絵画をふり返り、アレクシアの肖像《しょうぞう》を眺めた。

「ミス・アレクシア……気になることがあるので、お城に行ってもよいでしょうか？」

いつものように話しかけると、天窓から落ちた光が絵画をうすく照らしだす。

リルは黒の衣服のなかから、首にかけているネックレスをとりだし——ひび割れた青い石を手のひらにのせる。白い線が幾《いく》すじにも入ってしまったそれは、いまにも砕《くだ》けそうな有様ではあるが、割れてしまうことはなかった。

「ミス・アレクシア――」

呼びかけた魔滅石《まげんせき》は呼応するよう、青く輝《かがや》いた。

まるで、往年のアレクシアの瞳《ひとみ》のように深い青をみなぎらせている。


二階にある執務室《しつむ》があまりに蒸《む》し暑く、椅子《いす》から立ちあがったレオラートは窓を開ける。

赤々とした西陽が顔にかかり、まぶしそうに顔をしかめながらも、ふ、とかすかに笑《え》みを浮《う》かべた。――今日の彼女は機嫌《きげん》が良かったのか。そんな思考に駆《か》られる。

夕暮れの風は心地《ここち》よい。ヒバの森もクスノキも青々と葉を茂《しげ》らせ、馬を散歩させるザシャの姿が遠目に見えた。ひとりと一頭の影《かげ》が芝生《しばふ》の上に長く伸《の》びている。

ハンチング帽《ぼう》をかぶったザシャは今年で十八歳になる。彼も元は身寄りのない子で、レオラートの母親の生家に売られてきた異国の少年だった。

レオラートは言葉もわからなかったザシャを、自身の従者にしたいと母に懇願《こんがん》した。そうでなければ、ただでさえ怖《こわ》がりで内気な少年だ、気ぜわしい商家の下働きになじめず、またどこかへ売りはらわれてしまうだろうと思った。

意外だったのは、ザシャはこうみえて地頭がよく、瞬《また》く間にアストリット王国の公用語と地方訛《なま》りも習得したところだ。運動神経も抜群《ばつぐん》で、レオラートに対する忠誠心も申し分ない。

ザシャのようにこの手でリルを救ってやっていたのなら……とレオラートは口惜《くちお》しく思う。

ここ数日、レオラートは養護院の記録を洗いざらいひっくり返し、里子に出された子どもたちの名を追っていた。

『リルレティ』の名を見つけるとそこには、ゲイト・ファージという男にひきとられた旨《むね》が記されていた。

――【ファージ・サーカス団】。

レオラートの記憶《きおく》とリルの証言が結びつく。【ファージ・サーカス団】はエクター領を回っていた地方のサーカス団だが、十年近くまえに解散している。

団長が大富豪《だいふごう》の仲間入りをし、サーカス団の経営を放《ほう》りだしたのだ。

――たしか、団長は爵位《しゃくい》を買い、男爵となったはず。

レオラートは当時の新聞記事をとある情報通から仕入れ――といっても、ラフィレンである――夕陽に照らされながら、茶色く変色したそれを手にとる。

【一夜にして成金となったファージ男爵・自伝を発行】【『マジョラト・マジョールの憂《ゆう》鬱《うつ》』十万部突破《とっぱ》！】

灰色の目を走らせ、記事を読みながら「リルを売り払《はら》った金か……」とレオラートは苦くつぶやいた。

おそらく、《雨の魔《ま》女《じょ》アレクシア》は王家から出ていた恩賞をこれに使ったのだろう。

そう思うと、レオラートはなんとも言えない複雑な気持ちになった。

新聞を机に戻し、レオラートは窓から外の景色を眺《なが》める。太陽は山肌《やまはだ》に隠《かく》れはじめ、空にあざやかなグラデーションができる。

ファージ男爵はその後、すぐにまた紙面を賑《にぎ》わすことになる。

カジノで大負けをし、大金を支払って買い取った爵位まで賭《か》けてしまったのだ。

賭けの結果は負け――爵位どころか王都エペに買った邸宅《ていたく》まで売りに出す始末で、そのまま行方をくらませた。

レオラートは椅子に腰《こし》をおろす。自然とできた眉間《みけん》のしわを揉《も》みほぐすように指でおさえ、また書類に向かう。

「……」

姉エレノアを見送ったのも、ちょうどこの季節だった。

地方領に視察へ行っていたレオラートに急な一報が入り、この屋敷《やしき》に舞《ま》い戻《もど》った。が、姉はすでに意識が混濁《こんだく》し――胸に合わされた手には真鍮《しんちゅう》のネックレスが握《にぎ》られていた。

フクロウをモチーフにしたネックレスは淑《しと》やかな姉にはいささか似合わないと思ってい

たが、絞《しぼ》りだすように「このネックレスの贈《おく》り主に……手紙を……」と言葉を残した。

リルが見せてくれたネックレスの記憶から、もうすぐ催《もよお》される建国祭でふたりは再会しようと約束していた。

そのころには弟レオラートがグラウオール家を継《つ》ぎ、自身は公爵家から解放される――と、姉がそこまで考えていたかどうかはわからないが、ひとりの女性として、また、思い通りにならない身体《からだ》に希望を見出《みいだ》すため、ネックレスを心の支えとしていたのだろう。

――ロルフか。

つぎに手にした書類にはグラウオール邸に出入りした使用人の名が記載《きさい》されている。メイド、シェフ、給仕係《きゅうじ》、医者、大工、もちろん庭師も。

連ねられた名のなかにロルフの名があった。北のユベール地方出身で、歳《とし》は二十二歳。

レオラートがグラウオール邸に来る前の年に辞《や》めていて、レオラートは面識がなかった。

――十年前に屋敷に出入りしていた……となれば、現在は三十二歳となっているはず。

机の引き出しを開けたレオラートは一通の封筒《ふうとう》に目を落とす。姉から預かった手紙だ。

封蠟《ふうろう》が施《ほどこ》され、姉エレノアの署名も入っている。

「……」

建国祭が目の前に迫《せま》っていた。

どうにかこれをロルフにわたせないものか。

# 第四話

八月二十日、アストリット王国建国記念日——

建国祭は二日間にわたって開催《かいさい》され、国中の諸侯《しょこう》が集結し、フレデポルト王に祝辞を述べる。

建国記念日当日には王侯貴族が乗った馬車が街をパレード。夜にはグラウス城の北側の丘《おか》から祝賀の花火が打ち上がる。

王都エペは、初代王妃《おうひ》が愛したと伝わる赤い薔薇《ばら》と初代国王バルトルトを表す白いアーチがあちこちに飾《かざ》られ、華《はな》やいだ雰囲気《ふんいき》になっていた。各地から集められた職人たちがパレードにむけて、通りにカラフルなフラッグを渡《わた》している。

「この道は馬車が通るから、花活《い》けはもっと後ろに下げろっ」

「赤い薔薇が足りないぞ、そっちにあるかー？」

「こっちにまだ二十本ある。水につけてないと萎《しお》れるぞ！」

職人同士の掛《か》け声が薄暗《うすぐら》くなった通りに響《ひび》いている。等間隔《とうかんかく》に置かれたランタンに火が灯《とも》され、グラウス城までの道がまっすぐ浮かび上がっていた。

「ハサミや道具をそこらに残すなよー。裏方は今日で撤収《てっしゅう》だからな」

「了解《りょうかい》ー」

つなぎを着た大工が花活けに水をやる男の肩《かた》に手を置き、

「お疲《つか》れさん。おまえさん、地方から出稼《でかせ》ぎにやって来たんだろ？」

「ん？……ああ、いや。まぁそうだな」

「せっかくだから一杯《いっぱい》飲もうぜ！　俺らみたいな職人は今日で仕事納めだ」

「いや、やめとくよ。俺は酒に弱いから……二日酔《よ》いで明日《あした》のパレードが観《み》られなくなると困るんだ」

ブリキのジョウロを手にした男は肩をすくめ、眉尻《まゆじり》をさげた。肌《はだ》が浅黒く焼け、目は垂れて細く、職人にしては柔和《にゅうわ》な雰囲気を持った男だった。

「パレードぉ？　おまえさん、あんなのが観たいのかい？　王侯貴族が馬車に乗って手をふるっていう……あれかぁ？」

「ああそうさ。昔、貴族のお屋敷に出入りしていた時期があって……お世話になったお方の姿が見られるかもしれないから」と男はうなずく。

「へぇ、そうかい。あんなのが観たいだなんて変わったヤツだなぁ」

かたや陽気な大工は細身の男の肩を挨拶《あいさつ》がわりにバンバンと叩《たた》き、「じゃあなっ。お疲れさん！」と脇《わき》を通り抜《ぬ》けていく。

建国祭一日目――リルは王都エペにいた。夜に開かれる晩餐会《ばんさん》に出席するためである。

アレクシアが着ていた黒のスレンダーラインのシンプルなドレスに身を包み、黒のグローブも両手にはめた。金色の髪《かみ》は横に流しておろし、首には青い石のネックレスをつける。

アレクシアに連れられ、初めて王都エペを訪《おとず》れたときは、その賑やかさと石造りの街並みの豪勢《ごうせい》さに圧倒《あっとう》された。手入れされた石畳《いしだたみ》、見目《みめ》麗《うるわ》しい衣服を着た人たちと毛並みの美しい馬、どこからともなく漂《ただよ》ってくる美味《おい》しそうな匂《にお》い――

リルは大通りのつきあたり、正面にそびえる城門の前で立ちどまる。

つぎからつぎへと乗り入れられる馬車を避《よ》けながら、水路にかかる橋を徒歩でわたった。

今年は雨が多いせいか、水路を流れる水が豊富だ。湖面のような深い青色をしていて、鴨《かも》があちこちに浮《う》かんでいる。

百年前、統一戦争終結時に築城されたというグラウス城。

街並みと同じく、西から切り出された斑岩《ポーフイリー》で造られた堅固《けんご》な城だ。儀式《ぎしき》や晩餐会などのパーティーが行われる宮殿《きゅうでん》、礼拝堂のほか、王の生活が営まれる居館と侍従《じじゅう》や衛兵たちが控《ひか》える屋敷棟《やしきとう》、有事に備えた巨大《きょだい》な塔《とう》が建ち並ぶ。

それらが城壁《じょうへき》によって取り囲まれ――その城壁のまわりをさらに堀《ほり》がめぐり、北東に位置するシュツリア川から水が引きこまれている。

グラウス城の築城主である初代国王バルトルトの在位は二十数年。

その後代々、王の直系が王位に就《つ》き、現国王フレデポルトは数えて四代目の国王となる。

「……」

リルが水路を横目に跳《は》ね橋を歩いていると、「待て」と屈強《くっきょう》な衛兵がリルの行く手を阻《はば》んだ。

「何者だ。今日は建国祭一日目の晩餐会が催される。招待状がない者はこの橋を通さない決まりだ」

深緑の外套《がいとう》をなびかせた男が高慢《こうまん》そうにリルを見下ろす。晩餐会の列席者にしては、リルの身なりが質素だと思ったようだ。馬車でなく徒歩で城に近づくのもおかしい。

「これを」

リルは招待状をさしだし、「呼ばれたから来ただけです」と衛兵を凛《りん》と見上げると、背後から一台の馬車がガタガタと車輪の音をさせて迫ってくる。

「リルじゃないか！　おまえ、来たのかい？」

窓を開け、身体を乗りだしたのは《石の魔女《まじょ》マクシーネ》。あいかわらず、色とりどりの宝石を身につけ、ウェーブがかかったピンク色の髪がよくめだつ。目にはブルーのアイ

シャドウがぬられ、くぼんだ目をぎょろっと見開けば、

「おまえは来ないだろうと思ってたのに」

「ミス・マクシーネこそ、西からわざわざ？」

「そりゃおまえ、新しい鉱脈の利権を掛け合わなきゃならないからね。祝いの席に乗じて、王から許可をむしりとらないと！」

「……さすが」

リルがくすっと微笑《ほほえ》むと、「ほら、そこまでだけどお乗り」とマクシーネがリルを自身の馬車にうながした。リルがちらりと御者《ぎょしゃ》に目を向ける。全身黒ずくめの男――猫目《ねこめ》で、リルと目が合うと「ニャ？」と鳴いた。おそらく、マクシーネの使い魔《ま》だろう。

あっけにとられた衛兵は「お、おい……待てっ！」と呼び止めるが、

「アンタ、まさか《雨の魔女》を追い返そうっていうのかい？」というマクシーネの言葉に身を硬《かた》くさせる。――雨の魔女？　とぎょっとした顔だ。

「このあいだ、対鏡《ついかがみ》で話したときに話題にのぼらなかったから、晩餐会はてっきり来ないものかと思ってたよ」

「……」

「それが、招待状が来たのはつい最近のことなんです。お城で確認《かくにん》したいこともあったし」

「ミス・ベアトリクスのことかい？」

馬車に揺《ゆ》られながら会話を交《か》わすリルとマクシーネ。リルは膝《ひざ》に置いた手を見つめたま
ま、こくりとうなずいた。
「ミス・アレクシアは極力、王家と関《かか》わらないようにしていました。でも、嫌《きら》いだとか、
憎《にく》んでるとか……そういう感じじゃなかったんです」
「……おまえはバカだね」
マクシーネはあきれたように肩をすくめ、窓の端《はし》に肘《ひじ》をつく。
「もう、おまえの代になったんだ。先代のあれこれを掘《ほ》り返さなくてもいいだろうに」
「べつに、掘り返してるつもりはないんですけど」
リルは困ったように苦笑《くしょう》し、「ただ……」とつづけた。
「『ただ』……なんだい？」
窓枠《まどわく》に肘をついたマクシーネが片眉《かたまゆ》をあげれば、リルは青い瞳《ひとみ》を窓の外に向けた。馬車
は水路に架《か》けられた跳ね橋をわたりきり、城内に入った。陽《ひ》が暮れかけている。赤い西陽
がさきを行く馬車群を照らし、装飾《そうしょく》された客車がキラリと輝《かがや》きを放つ。
晩餐会の会場であるトリクシー宮殿前で、招待客が馬車から降りていく姿が見えた。あ
のなかにレオラートもいるのだろうか。
リルは目を細める。
「ただ……グラウオール邸《てい》に白薔薇が咲《さ》くようにしたいんです」

馬車を降りたリルとマクシーネがトリクシー宮殿前の石段をのぼっていると――強烈《きょうれつ》な視線を感じた。半歩先を歩いていたマクシーネも気づいたようで、顎《あご》をしゃくってリルに合図を送る。

「まったく、血の気の多い子だね」

「……」

ふたりが見上げた先には二階の窓が突《つ》き出た形のバルコニーがあった。王家の紋章《もんしょう》を記した旗がつり下げられ、夕暮れの風にはためいている。

そのバルコニーからこちらを見下ろす――《騎士《きし》の魔女リカルダ》。緑の外套が揺れ、金色の瞳が不気味な輝きをみせていた。

「リル。あの子は《雨の魔女》を目の敵《かたき》にしてるから気をつけな」

マクシーネが声を低く落とす。

「先代リカルダから、あれやこれやと吹《ふ》きこまれてるからね。《王の魔女ベアトリクス》にまつわることも」

「じゃあ、あの人に訊《き》けば《王の魔女》のことはわかりますか？」

「そりゃあ……」

身幅《みはば》の大きなマクシーネは意外そうな顔をしてリルを見た。「素直《すなお》に話してくれると思ったら大間違《おおまちが》いだよ。魔女っていうのは本来、誰《だれ》とも馴《な》れ合わないものだ」

リルは夕陽を浴びるリカルダに目を戻《もど》す。たしかに、好意的なものはなにひとつ感じられない。一見、男かと見間違うほど短くしたアッシュブラウンの髪。銀色の厳《いか》めしい甲冑《かっちゅう》。深みのあるグリーンの外套に――

「？」

リルはこらしていた目をゴシゴシとこすった。一瞬《いっしゅん》だけ、チカッと目の前で火花が散ったような気がしたが、宝石のような青い瞳でリカルダを見据《みす》えたまま、「――『ヴィヴィアン』？」とつぶやいた。

「どうしたんだい？」

隣《となり》に並び立ったマクシーネが不思議そうにリルを見ると、今度はマクシーネの顔をリルは凝視《ぎょうし》する。「なんだい？　シミでも増えてるかい？」と冗談《じょうだん》交じりに言ったマクシーネに対し、リルは顔をずずぃっと近づけた。「ミス・マクシーネ。本来の名は……『イライザ』で合ってます？」と小声で訊《たず》ねると、マクシーネは炭で描《か》いた薄《うす》い眉をよせた。

「……おまえ」

マクシーネは継承《けいしょう》前の名をリルに明かしたことはない。『イライザ』という名で自分を呼ぶ人間ももういない。

「――『見える』のかい？」

声を落とすと、リルは「はい」とも「いいえ」ともつかぬ顔をして、うなずいた。

「おっかない子だ」

マクシーネは口元をひきつらせながら、「ミス・アレクシアのようにうまくやんなよ？」と階段をのぼり、宮殿のなかへと足を踏《ふ》み入れる。

赤い絨毯《じゅうたん》が敷《し》かれた大広間には輝かしいシャンデリアがつり下げられ、大勢の人で賑《にぎ》わっていた。正面の玉座には王フレデポルトが座り、列席者から挨拶《あいさつ》を受けている。

「あ、あの若造――鉱脈で新しい鉱石が発掘《はっくつ》されたらしいね？」

マクシーネは、とある年若い侯爵《こうしゃく》を見つけると、ずんずんと大股《おおまた》で近づく。「じゃあね、リル。ほどほどにして帰んな」と片手を上げて去っていく。

マクシーネに捕《つか》まえられた年若い侯爵は、白いハンカチで汗《あせ》をぬぐいながらマクシーネの対応に追われる。ピンク色の髪《かみ》をしたド派手な、否《いな》、きらびやかな婦人――しかも魔女――に声をかけられたら、ああもなるだろう。

「おっかないのはどっち？」

くす、と微笑んだリルは、きょろきょろとあたりを見回してから、壁際《かべぎわ》をそろそろと歩きだす。王に呼ばれたのだから、王に建国祝いの挨拶だけ済ませて帰る予定――というのは建て前で、《王の魔女ベアトリクス》の足跡《そくせき》を少しだけでも探《さぐ》りたい。

――きっと、グラウオール邸にいた……あの赤髪の女の人につながるはず。

リルのなかで、確信めいたものがあった。

仮に彼女が、未練を残して死にきれない亡霊《ぼうれい》だったとしたら、同じ魔女として送ってやらねばならない。そんな決意があった。

人々の視線が王や目立つマクシーネに向かっているのをいいことに、リルは大広間の奥にある扉《とびら》に向かう。初代王妃《おうひ》が暮らした城だ。どこかになにかがある。

装飾が施《ほどこ》された扉を押し開け、冷ややかな空気に包まれる渡《わた》り廊下《ろうか》を見つけたところで、

「……どこへ行くつもりだ？」

リルの背後から声がかかる。聞き覚えがあって、胸がぎゅっと摑《つか》まれる声だ。リルは身体《からだ》をビクッと跳《は》ねさせた。

「晩餐《ばんさん》会で出入りが許されたのは、この大広間と隣のダンスホールだけだ」

背後に気配を感じ、リルがふり返るまえに顔の横に手が伸《の》びた。白の手袋《てぶくろ》にシルク仕立てのジャケット――扉を押しひろげたリルの手の上から、大きな手を重ね、扉を閉めさせる。

「リルレティ」

このひとに名を呼ばれるとむずがゆくて、それでいて胸の奥があたたかくて、なんとも言えない気持ちになる。いつからだろうか。

「――来なくてよかったのに」

頭上から落ちてくる言葉は彼の本音だろうか？　リルはふり返らないまま、上目で男の顔をあおいだ。

「招待状にレオラート様の名前がありました」

「なに？」

「王との連名でしたよ？」

「……」

透《す》きとおった青の瞳に見つめられ、レオラートは思わず視線を外した。してやられた、という顔だ。

「私の名があったとしても、君は君の信条を貫《つらぬ》いてくれたらよかったのだ」

「それはどういう意味ですか？」

顔に手をあて、口元を隠《かく》したレオラート。ふり返ったリルの姿を見て、胸がどうしようもなく高鳴った。

「リルレ……」

「エクター公、こちらにいらっしゃったの？」

レオラートがリルを呼びかけたのと同時に、人混みのなかから、ひとりの女性が歩いてきた。赤髪《あかがみ》を巻き髪にし、目にあざやかな真紅のドレス。真っ赤な口紅をひき、耳には大《おお》粒《つぶ》のガーネットのイヤリングが揺《ゆ》れていた。

「もうすぐダンスが始まるわ。レオ、一緒《いっしょ》に踊《おど》ってくださるわよね？」

口元に笑《え》みをたたえた――アリア。王の妹だ。

「あら、そちらの女性は？」

優雅《ゆうが》に微笑《ほほえ》みかけられ、リルは表情を変えなかった。が、「わたし、お手洗いに急ぐので」と逃《に》げるように扉を開けて、廊下へ滑《すべ》りでる。

「リルっ」

レオラートの声は扉が閉まる音とともに、かき消されてしまった。

――『来なくてよかったのに』。

誰もいない廊下を駆《か》け出したリルの胸にレオラートの声が何度も蘇《よみがえ》る。さきほどの真紅のドレスの女性とレオラートはこのあとダンスを踊るのだろうか。

リルがひとつも踊れないダンスを――

不意に、目のまえが滲《にじ》みはじめ、喉《のど》の奥が熱くなる。泣いてしまいたい衝動《しょうどう》に駆られたが、リルは払拭《ふっしょく》するように頭《かぶり》をふった。さくらんぼ色の唇《くちびる》をきゅっと噛《か》みしめる。

――どうしてこんなに……胸が……痛いんだろ……？

リルが走るリズムに合わせて、青い石のネックレスも揺れる。ときどき、砂金のようにサラサラと光を放ち、空気にほどけるよう溶《と》けていく。

「はぁ、はぁ、はぁ……」

息を切らすほど走ったが、目的地があるわけではなかった。

リルは渡り廊下のつきあたりまでくると、上にのびた螺旋《らせん》階段をあおぎみる。息を整えながら、一歩一歩、踏みしめるように階段を上った。

途中《とちゅう》、踊り場で足をとめ、ふと、壁《かべ》にある縦長の窓が目についた。どうやら居館の建物に入ったらしく——黄昏《たそがれ》どきの中庭で見慣れた花が風に揺れている。

「……白薔薇《しろばら》——？」

思わず口にして、リルは目を見張った。グラウオール邸《てい》では咲《さ》かなかった白薔薇。王妃が住んでいたというグラウス城では見事なまでに咲き誇《ほこ》っている。

そう、リルが住む——アレクシアの家の庭と同じように。

『待ってくれ！　もう何を言っても信じてもらえないかもしれないが、私は本当に心から君のことを……』

『……』

『許してくれとは言わない。生涯《しょうがい》、私のことを憎《にく》んでくれてかまわない』

『……』

『君が望むことは、なんだって——』

『……もう、よしましょう。バルトルト』

階段の上――二階からひとりの女性が下りてくる。金色の長い髪を横にたらし、黒のシンプルなドレスに身を包んでいた。

『あなたと私の人生が重ならなかっただけ。それだけよ』

女性は悲しい色を滲《にじ》ませて、かすかな笑みを浮《う》かべる。

『アレクシア――』

その女性を追いかけてきたひとりの男。細身の、整った顔をした男だった。ただ頰《ほお》がこけ、無精髭《ぶしょうひげ》が生えている。

『アレクシア……アレクシア……』

すがるように何度も、何度も、女性の名を呼ぶ。

リルの目のまえに現れた蜃気楼《しんきろう》のような光景。リルは息をのむ。階段から下りてくる女性が着ているドレスと、まったく同じものを自分が着ている。

女性の瞳《ひとみ》の色は――まごうことなき青。

「ミス・アレクシア……！」

リルが声をあげた瞬間《しゅんかん》、ふたりの姿は消えてしまった。リルはいま見た光景が信じられない。

「うそ……」

リルはちいさく首を横に振り、ハッとなにかに気がついた。いきおいよく天井《てんじょう》を見上げ、そして、階段の手すり、壁、窓、すべてに目を配る。

──この空間の……記憶《きおく》……。

以前、グラウオール邸のエレノアの部屋で見た残像と現象が酷似《こくじ》していた。部屋が、空間が、この場所が、まるでリルを待っていたかのように、かつての記憶をリルに見せる。

『もう、私にはかまわないで。──余生はのんびりと暮らすわ』

『アレクシア、城に……たまには城に来てくれ。手紙だって……』

『そんなことをして、ベアトリクスはどうするの？　今度は彼女を裏切るつもり？』

『違《ちが》う、そうじゃない。彼女は……私を悪夢から……』

『……』

金色の髪の女性は浅く息を吐《は》きだした。リルのそばをすり抜《ぬ》けて、そのまま階下に下りていく。

『アレクシア……！』

男の声だけが虚《むな》しく響《ひび》く螺旋階段。

リルは男の横顔を盗《ぬす》み見た。痩《や》せこけ、髭が生えたこの男──

──肖像画《しょうぞうが》で見た……初代国王バルトルト。

螺旋階段をのぼりきったリルは額に手をあて、ふぅ、と重い息を吐いた。

──ミス・アレクシアが、王家と関《かか》わらないようにしていたのは知っていたけど……。

まさかこんな真実が隠されていようとは、とリルはこめかみを指で押さえる。

統一戦争が終結してまもなく、アレクシアは王のもとを離《はな》れたと聞く。そのころの王には、のちの《王の魔女《まじょ》》となるベアトリクスとの間に第一子が生まれていた。

──子どもが生まれてたってことは、王は《王の魔女》と愛し合っていたのでしょう？

なのに、ミス・アレクシアにあんな未練がましく……。

リルは眉間《みけん》にしわをよせ、廊下《ろうか》の隅《すみ》に視線を落とした。鏡面のような床《ゆか》は冷たく輝《かがや》き、まるで夜の海面のように得体がしれない。

──なにかがおかしい。なにかが……。

記録に残っている事実とグラウス城の記憶──それが嚙み合わない。

世間知らずのリルだって、この国の『建国史』は知っている。夢魔《むま》にとり憑《つ》かれた初代国王を救った《王の魔女ベアトリクス》。ふたりの間に愛が芽生え、直系が現国王につながっていると。

リルは人気《ひとけ》のない廊下をぽつぽつと歩き、ひとつの扉《とびら》に目を留める。金色に縁取《ふちど》られた装飾《そうしょく》と大きな薔薇の紋章《もんしょう》が立体的に浮かびあがる。

吸いよせられるように、リルはその扉に手をかけた。


『わからない……わからないんだ……』

苦悩《くのう》する男の声が聞こえてくる。

『これが夢か現実かわからない……どうして君とのあいだに……子ができるんだ？』

重苦しい空気と嘆《なげ》き。ひとりの男が大理石の床に座り込み、頭を抱《かか》えている。

『ベアトリクス……君は私の夢になにをした？　夢のなかでの出来事がどうして……』

『お腹《なか》の子はまぎれもなく、あなたの子ですわ』

床に跪《ひざまず》いた男のまえに立つ赤髪《あかがみ》の女。口紅をひいた唇で、笑みを深め、『もう、わたくしがいなくては眠《ねむ》るのも怖《こわ》いでしょうに』と男に向かって言い放つ。

『……リカルダを……リカルダをそばに置いて寝《ね》る……』

『いいえ。所詮《しょせん》、リカルダは現実の世界を生きる魔女です。夢のなかまでは守ってはくれません』

わたくしだけがあなたを救ってさしあげられるのです、と赤髪の女は言った。脂汗《あぶらあせ》を滲ませた男は黒髪をくしゃりと掻《か》きあげ、困惑《こんわく》した表情を浮かべると、

『これこそ夢か？　……ベアトリクス』

『さぁ、もうどちらでもよいでしょう？　お腹の子の父はあなたなのですから』

『アレクシア……アレクシアは……いずこに……』

赤髪の女は膝《ひざ》を折り、苦悩する男を抱《だ》きしめた。『わたくしがいます。あなたにはわたくしが――』と耳元でささやく。

リルは扉を乱暴に開けひろげ、部屋に足を踏《ふ》み入れた。

腹の底からわきあがった感情が指先からほとばしる。熱風となって形をもったそれは、部屋に残った残像を切り裂《さ》いた。赤髪の女とやつれ果てた男――自然と、口から呪文《じゅもん》がこぼれでて、風は制御《せいぎょ》を失ったかのように窓辺のカーテンを揺《ゆ》らし、出窓を開け、外へと飛び出していく。

「……」

「物騒《ぶっそう》な女だ」

そのリルの背後から足音が近づき、緑の外套《がいとう》が揺れた。「陛下への挨拶《あいさつ》は済ませたのか？」と静かに問いかけるのは――《騎士《きし》の魔女《かたご》リカルダ》だ。

男のような出《い》で立ちをした彼女を肩越しにふり返ったリルは、「……あなたも見たの？」とちいさく訊《たず》ねた。

「なにをだ」

「いまの残像を……」

リルの言葉に、リカルダはハッと息を吐き出し肩をすくめた。「残念ながら」と口を開く。

「残念ながら、私に『魔女の目』はない」

「こんなにも染みついた光景なのに？」

「そう感じるのは《雨の魔女》たる所以《ゆえん》ではないのか？」

リカルダはリルが見上げるほど背が高かった。リルを横目で見下ろすさまは猛々《たけだけ》しくもあり、憂《うれ》いをふくんだものでもある。

「私の使命は王を守ること。それ以外はとるに足らない些細《ささい》な事象だ」

「王は苦しんでいたようだけど？」

「……さあ、私は現国王であらせられるフレデポルト陛下をお守りするだけだ」

リルは残像が見えた部屋の奥に目を戻《もど》す。

大理石の床に深い青色の天蓋《てんがい》が設けられたベッド。王家の紋章——獅子《しし》と薔薇《ばら》——がアーム部分に刻まれたソファと火の入っていない石造りの暖炉《だんろ》。左手にはバルコニーのある窓と正面の壁《かべ》に掲《かか》げられた大きな肖像画。

「王……バルトルト王は本当に夢魔にとり憑かれていたのかしら？」つとリルが口にすると、

「統一戦争時、多数の犠牲者《ぎせいしゃ》を出したと聞く。歴史に残せないような非道もあったのだろう」

「だから、夢魔に襲《おそ》われるほど精神を病《や》んでしまったというの？」

リルの問いかけに、リカルダはちいさな息を落とす。

「貴様、なにが言いたい？　先代の《雨の魔女アレクシア》になにか吹《ふ》きこまれたか」

「いえ、ミス・アレクシアはなにも語らなかったわ」

なにも、とリルは念を押すように言って、部屋のなかに足を進めた。

見上げるほど大きな初代国王バルトルトの肖像画を眺《なが》める。どうやら晩年のもののようで、顔にしわが刻まれ、髪は白髪《はくはつ》となっていた。

「わたしがミス・アレクシアと一緒《いっしょ》に暮らしたのは七年足らずだけど、好きな新聞小説を読んだり、庭の白薔薇を手入れしたり……穏《おだ》やかに暮らしていたわ」

「……のんきなものだ」

この城でどれだけ悲しい出来事がつづいたかも知らずに、とリカルダは忌々《いまいま》しそうにつぶやく。

「バルトルト王も《雨の魔女》になど最初から近づかなければ良かったのだ。統一戦争も我が師リカルダがいれば問題なかった」

《雨の魔女》さえいなければベアトリクス王妃《おうひ》も精神を病むことなく、この城で最期《さいご》のときを迎《むか》えられただろうに……、とリカルダが悔《くや》しそうな表情を見せ、リルは眉《まゆ》をひそめた。

「……王妃が病んだ？　バルトルト王ではなくて？」

意外そうに声をあげたリルに、リカルダはあきれたように首を横に振《ふ》った。「本当になにも知らないのか」と、腰《こし》に携《たずさ》えた魔剣《まけん》の柄《つか》に手を添《そ》える。

「アストリット王国は今年で建国百周年を迎える。――いまこそ、過去のあやまちを清算する時なのかもしれない」

リカルダの手にある魔剣が鞘《さや》から抜かれると、虹色《にじいろ》の輝きを放った。陽《ひ》が暮れた室内にまばゆい光を放ち、白き煙《けむり》をまとう。

「《王の魔女》が叶《かな》わなかった『魔女の継承《けいしょう》』を……まさか、元兇《げんきょう》たる《雨の魔女》がのうのうと行っているとは……」

「……」

怒《いか》りに満ちた風を受けながらもリルは動じなかった。先ほどから、この身が自分自身だけのものではないような心地《ここち》がしている。

――ミス・アレクシア……。

身体《からだ》のうちから湧《わ》きあがるようなエネルギー。熱くも冷たいそれは、縦横無尽《じゅうおうむじん》に体内を駆《か》け巡《めぐ》り、心臓部分で留《とど》まる。青い瞳《ひとみ》が冴《さ》えわたり、リルはいままで遭遇《そうぐう》したことのない光景に出くわす。

――『万物《ばんぶつ》には、すべてに名が存在する』

かつての師の言葉が思い起こされた。

一年前、アレクシアを亡《な》くしたリルは悲しみに暮れていた。

毎日毎日泣いて、お腹が空いても泣いて、アレクシアが使っていたベッドで泣いて、地下の書斎《しょさい》のハンモックでも泣いた。

そうして三ヶ月が過ぎたころ、旅の行商人が家を訪ねてきた。地方の古い屋敷《やしき》で手に入れた絵画が政府の検閲《けんえつ》を通っていないものだったらしく、このままでは王都エペに入れない、ここで買い取ってくれないかと懇願《こんがん》するのだ。

――検閲？　絵に検閲があるの？　と、リルはよくわからないままに行商人が持ってきた絵を見る。そこには若かりしアレクシアの姿があった――建国四人の魔女《まじょ》とバルトルト王を描《えが》いたものだ。

リルは豪勢《ごうせい》な額縁《がくぶち》とともにその絵を買い取り、一階の部屋に飾《かざ》る。

壁際《かべぎわ》に小机を置いて、庭の白薔薇を活《い》け、毎日、師の肖像画《しょうぞうが》に話しかけることにした。

もちろん、アレクシアがくれたネックレスを胸につけ、青い石がいつもリルに寄り添った。

そのネックレスが青白く、やさしく光り輝《かがや》く。――『それでいい』。どこかで、アレクシアの声が聞こえた気がした。

――『リルはリルらしく。前を向いて、自信を持ちなさい』

感情のまま、うずたかく舞《ま》う風とともに《騎士の魔女リカルダ》は魔剣エクスカリバーをリルに向かって突《つ》きつけた。リルを鋭《するど》く睨《にら》み、床《ゆか》を蹴《け》って走りだそうとするが身体がピクリとも動かない。

「――なん……だ？」

リカルダはきつく顔をしかめた。まるで金縛《かなしば》りにあったかのように指先ひとつ、まともに動かせないのだ。とたんに脂汗が吹きでて、唯一《ゆいいつ》、動かせる眼球だけで部屋の奥に立つリルを睨《にら》んだ。

憎《にく》き《雨の魔女》――

自身がもたらした災《わざわ》いから目を背《そむ》け、勝手に逃《に》げた。その後、王家がどれほどの苦悩《くのう》を背負《しょ》い込んだか、知りもしないのだろう。

初代国王となったバルトルトは《夢見の魔女ベアトリクス》を王妃に迎えた。ふたりの子に恵《めぐ》まれた一方、アレクシアが忘れられないバルトルトはベアトリクスを心から愛することはなかった。

『夢は所詮《しょせん》、夢』――ベアトリクスは『夢見』の力をつかって、いま一度、王の心を取り戻そうと試みる。が、そのまえに自身の精神が耐《た》えきれず、崩壊《ほうかい》。『夢見』の力は他人の精神を盗《ぬす》み見るもので、非常に負荷が大きい。長年にわたり多用したベアトリクスは自ら身を滅《ほろ》ぼしてしまったのだ。

精神を病んだ彼女が城に留《とど》まることは難しく、見かねた弟のウェイン・グラウオールが城下の屋敷にひきとり、ベアトリクスはその生涯《しょうがい》を終えることになる。

——師リカルダは、見守ることしかできなかった、と。苦悩する王も、激情に駆られる王妃も、どちらもどうにかすることなどできず、ただ、ふたりの子を守るしかなかったと。

「《雨の魔女アレクシア》さえ、最初からいなければ——！」

リカルダは力を振り絞《しぼ》り、雄叫《おたけ》びをあげた。空気が共振《きょうしん》し、ビリビリとした波動が円形に駆けていく。

リルは目を細め、息を深く吸いこみ——「……『ヴィヴィアン』」と静かに呼びかける。人さし指を口元にあて、「シー」とジェスチャーを送ると、周囲の空気が凪《な》ぐように静まり返り、リカルダの手にある魔剣エクスカリバーさえも光を失ってしまう。

「……貴様……な、にを——」

《騎士《きし》の魔女リカルダ》ことヴィヴィアンは顔を青ざめさせ、言葉を詰《つ》まらせた。

魔剣エクスカリバーが光を失うなど——先代リカルダから『魔女の継承』を受けて以来、初めてのことだった。

「あなたがわたしに刃《やいば》を向けなければ、元《もと》に戻るわ」

「なんだと……？」

「壊《こわ》したわけじゃないの、『静かにして』ってお願いしただけだから」

そう言って、リルはふたたびバルトルト王の肖像画をあおぎみた。

アレクシアの家にある絵画よりも、うんと歳《とし》をとっている。両眼《りょうめ》に肖像画を映すと、懐《なつ》かしいような、焦《こ》がれるような、疎《うと》ましいような、憎たらしいような――いろんな感情が混ざって、胸を交錯《こうさく》した。アレクシアが残した感情かもしれない。

ぬるい夏の夜風が窓から吹きこむ。

その風に誘《さそ》われるよう、リルはバルコニーに足を向けた。先ほど、螺旋《らせん》階段の踊《おど》り場から見えた白薔薇《しろばら》が一面に咲《さ》き誇《ほこ》っていた。東の空からのぼった月に淡《あわ》く照らされ、青白く、幻想《げんそう》的に浮《う》かび上がっている。

「――初代国王の遺言だった。『白薔薇を必ず咲かせること』」

いつ彼女がやってきても目に入るようにとね、と部屋の入り口から声が響《ひび》く。

「『彼女』が誰《だれ》を指すのか、子孫には長年の疑問だった。父も祖父も……私だってそうだ」

だがようやく、今夜その疑問が晴れたよ、と話しながら姿を見せたのは――現国王フレデポルトだ。

った。

「《雨の魔女アレクシア》――曾祖父《そうそふ》は君を待っていたんだ」とフレデポルトは重ねて言った。

「はじめまして、ようこそ《雨の魔女アレクシア》。会うことができて嬉《うれ》しいよ」

リルはゆっくりとふり返った。月光を背に、金色の髪《かみ》が夜風に遊ばれ、透《す》きとおる。

「やはり、教書の《雨の魔女》とは大違《おおちが》いだな。あちらは初代王妃《おうひ》に近しい者が書き記したと言われているが――」

「わたしは先代のアレクシアではありません」

リルはぴしゃりと言った。

「それはわかっている。わかっているが……バルトルト王の悲願だった。《雨の魔女アレクシア》がふたたび、この城を訪《おとず》れることを」

「……だったら、ミス・アレクシアの家に自分から訪ねればいいのに」

子どものようにリルは口を尖らす。「どっちつかずのことをするから、尾《お》をひくのよ」とつづけた。フレデポルトは足を進めながら「ぷはっ」と吹《ふ》き出す。

「なかなか言ってくれる。しかし同感だ」

「《王の魔女》――ベアトリクス王妃のお墓は？　お城にはないんですか？」

フレデポルトは浅くうなずく。リルの横に並び立ち、バルコニーの手すりに両手を置いた。

「我が曾祖母ベアトリクスの墓はグラウオール邸《てい》の敷地《しきち》内にある。晩年を過ごしたのがその場所だからという理由だが」

「ああ……」

リルは納得《なっとく》した。だから、グラウオール邸の庭で彼女の残像に遭遇した。白薔薇を目の敵《かたき》にした理由もなんとなく想像がつく。

「曾祖母は《王の魔女》として歴史に名を残し、それ以外のことは禁忌《きんき》――つまり、触《ふ》れてはいけない事象となっていた。そこにいるリカルダは頑固一徹《がんこいってつ》だから、けっして口を開かないし、王である私でさえ、過去に残された書物しか手がかりとなるものがなかった」

とフレデポルトは目を細める。

「だから《雨の魔女》に幾度《いくど》となく手紙を書いて、話をしようとした。……しかし、応じてはもらえなかった。直系の子孫には酷《こく》な話だと思ったのかもしれないな」

「……」

リルはフレデポルトの横顔を眺《なが》める。顔立ちはバルトルト王によく似ていたが、髪色はベアトリクスと同じだった。柘榴石《ざくろいし》のように濃《こ》い赤の髪色に灰色の眼。

――レオラート様と同じ目の色……。

「それで君は？　もう雨を降らさないのか？」

白薔薇の香《かお》りが漂《ただよ》うなか、フレデポルトが訊《たず》ねた。リルは気まずそうな色を滲《にじ》ませ、胸のネックレスに視線を落とす。アレクシアのくれた魔減石《まげんせき》――ひび割れはもちろんのこと、ひとまわりほどちいさくなっていた。悲しみに暮れ、暴走しそうなリルの魔力を制御《せいぎょ》していたようだが、もちろん、意図的に雨を降らせたつもりはない。むしろ、リルは魔力が無くなってしまったように勘《かん》違《ちが》いしていたのだ。

一方で、もし魔減石がなかったら――、と思うと、手あたり次第《しだい》に感情をぶつけ、大惨《だいさん》事《じ》になっていたような気もする。

「……レオラート様からなにか聞いていますか？」

おそるおそる、うかがうようにフレデポルトを見上げたリル。噂《うわさ》に聞いた《雨の魔女》とはおおよそ印象が違った。

「さぁ、どうだろう？」

フレデポルトは表情を和《やわ》らげる。美しい容姿ではあるが、どこかもじもじとしていて、あどけないリル。「レオが気にかけるのもわかるような気がする」とフレデポルトがつぶやいた。

リルとフレデポルト――ふたりがバルコニーから部屋に戻ると、リカルダが鬼《おに》の形相をして仁王立《におうだ》ちしていた。一瞬《いっしゅん》、身構えたリルだが、リカルダは一目散にフレデポルトのそばに駆《か》けより、「《雨の魔女》にたぶらかされてはなりません！」と説いている。

「ところで、アレクシア。君はそれを知っているかい？」

フレデポルトが壁《かべ》を指差す。リルが目を向けると、バルトルト王の肖像画《しょうぞうが》の隣《となり》――壁に臙脂色《えんじいろ》の布がかけられていた。「リカルダ、見せてやってくれ」とフレデポルトが命じると、リカルダが渋々《しぶしぶ》、その布に手をかける。

「初代王妃ベアトリクスの遺品と言われているんだが……扱《あつか》いに困っていてね」

鏡のわりになにも映さないし、動かそうにもビクともしない、と話すフレデポルトの言葉とともに現れた黒の鏡面。なにも映さないそれにリルは見覚えがある。

「対鏡《ついかがみ》……？」

ぽつりとリルがつぶやいた。

「対鏡だと？」

布を手にしたままのリカルダが訝《いぶか》しげに眉《まゆ》をよせる。壁に設置されたそれは細長く、それでいて大きい。ふつうの鏡ならば、全身を映せそうなほどだ。

「ずいぶん大きいですね。こんなに大きなものは初めて見ました」

「対鏡とはなんだ？」

フレデポルトが首をかしげた。

「魔法具《まほうぐ》でございます。二枚が一組となり、対鏡同士で話ができたり、物のやりとりができる代物《しろもの》でありますが――」説明しながらも、リカルダは半信半疑の様子を隠《かく》せない。

「古《いにしえ》の魔法具であり、現存するものとは思えませんが」

ちらりとリルに目をやると、

「──うちにあります。先代のアレクシアが持っていました」

「なに？」

「うちのはこんなに大きくなくて……そうだ、童話に出てくる『鏡よ鏡よ鏡さん……』的なやつです」

リルが身ぶり手ぶりを交えて説明すると、

「実際に使えるのか？」

「ええ、互《たが》いに魔力があれば、という前提ですが」

リルはそう話しながら、姿見ほどの大きな対鏡を見つめた。ここに一枚あるということは、別の場所にもう一枚あるはずだ。

「これくらい大きいと、人の行き来ができそうですね……」

リルは手をかざし、対鏡に近づく。「もしもーし」と呼びかけてみた。

──うちにある対鏡は、ミス・マクシーネが持ってる対鏡とつながっているから、向こうにミス・マクシーネがいないと反応しないけど……。

『──』

「……ん？」

なにも映さない鏡面が波うち、ぼんやりと景色が映りはじめる。しかし、ずいぶん暗い。

「なにか見えるのか？」

フレデポルトものぞきこもうとするが、すぐさまリカルダが制止する。「おやめください。危険なものかもしれません」と首を横に振《ふ》る。

「だれかいますかー？」

『――――』

「もっと大きな声で話してくれません？　わたしはリル。《雨の魔女アレクシア》の後継《こうけい》で――」

『――！』

リルが口にしたとたん、対鏡から手が伸《の》びた。赤い爪《つめ》をした女の手だ。

「わっ！」

リルの手首をつかんだかと思うと、ぐいっと鏡に向かってひっぱる。「おいっ！」とフレデポルトがリルの身体《からだ》をひきもどそうと腕《うで》を伸ばすが、リカルダが間に入って止める。

「危険です！　陛下はおさがりくださいっ」

アレクシア堪《こら》えろ、鏡を叩《たた》き割るっ！　とリカルダはふたたび、魔剣《まけん》エクスカリバーを鞘《さや》から抜《ぬ》いた。壁に掛《か》けられた対鏡に向かってエクスカリバーを振りかざすが、まるで磁石の同じ極のように弾《はじ》かれてしまい、近づけない。

「ちょっ……待っ……え、え、ええ？」

リルは女に手首を摑《つか》まれたまま――とぷん、と対鏡にのみこまれてしまった。

誰《だれ》かに呼ばれた気がして、レオラートはうしろをふり返った。

列席者の話し声、ダンスホールの音楽、グラスを合わせるガラスの音とリズムよく刻まれる靴音《くつおと》――それらを飛び越《こ》えて、なにかが聞こえた気がした。

とっさに王フレデポルトがいるはずの玉座を見やるが、そこにフレデポルトの姿はない。いつも王のそばで警護にあたる《騎士《きし》の魔女リカルダ》の姿もない。

「レオ、どうかしました？」

巻き髪《がみ》の女性がレオラートに声をかけた。いまにもダンスを踊《おど》ろうと、レオラートに身を寄せた彼女は現国王フレデポルトの妹・アリアだ。

「ぜひ、わたくしとダンスを踊ってくださいませ」

アリアはレオラートの耳元でささやく。「兄から話はお聞きになりました？　子どものころから、お慕《した》い申し上げております」とレオラートの胸にしなだれかかる。

楽隊が淑《しと》やかなメロディーを奏《かな》で、バイオリンの演奏が始まった。

「王の妹であるわたくしとエクター公爵であるあなたが結ばれれば、アストリット王国はますます繁栄《はんえい》し、未来永劫《みらいえいごう》、その栄華《えいが》はつづくことでしょう」

「……」

一方、レオラートは扉《とびら》を見つめたまま動かなかった。リルが出ていった扉だ。追いかけようとしてアリアにひきとめられた。否《いな》、それ以上に、リルを追いかけるには覚悟《かくご》がいる。

──『彼女も魔女だ』。

不意に、フレデポルトの言葉が思い返される。

自身の立場と魔女であるリルの立場。改めて考えると、拒絶《きょぜつ》されるのは目に見えていて、どうして彼女に近づこうと思ったのか──姉のネックレスの件だけが理由ではない。

「レオ、あなたのお返事を聞かせて？」

レオラートを見上げ、笑《え》みを深めたアリア。

甘い香水《こうすい》の匂《にお》いが強かった。おおぶりのイヤリングも豪勢《ごうせい》なネックレスもレオラートの目には映らない。ただ……淡《あわ》い白薔薇《しろばら》の香《かお》りとは違《ちが》うとだけ思った。

レオラートは首を横に振る。

「申し訳ございません」

「レオ？」

「私はアリア様のご期待《きたい》に添《そ》うことができません」

「──」

それだけ言い残すとレオラートは性急に踵《きびす》を返し、人混みをかきわけ扉に向かった。背後でアリアがなにか叫《さけ》んでいたが、その言葉に耳を傾《かたむ》けるほどの余裕《よゆう》はレオラートにない。

——リル……。

なにかに焦《こ》がれるよう、胸のうちで彼女の名を呼んだ。

# 第五話

「……」

黒光りする一枚の鏡面をレオラートが見つめている。

「――リルがこの黒い板に吸いこまれたと？」

「レオ、それは板じゃない。対鏡《ついかがみ》だそうだ」

居館二階――王の間にやってきたレオラートは、険しい表情をしたままフレデポルトをふり返る。

「なぜ、リルが……」

「リル？　彼女の名か？」

「リルが《雨の魔女《まじょ》》と知っていて、なぜ、《王の魔女》の遺品に近づけさせたのですか？」

「エクター公、少し落ち着け」

リカルダがフレデポルトに詰《つ》め寄るレオラートとの間に割って入った。「アレクシアはそれを『対鏡』だと知っていた。知っていて、アレクシア自身が近づいたのだ」

『対鏡』とは古《いにしえ》の魔法具で──、とリカルダが説明をつづけるが、「──陛下」とレオラートは声を低く落とした。

「今夜、《雨の魔女》を城に招いたのは、まさかこれが目的ですか？」

レオラートがフレデポルトに問いかけると、フレデポルトは「それは違う」と即座《そくざ》に否定した。

「レオ、それは違う。私が……純粋《じゅんすい》に《雨の魔女》に会ってみたかったのだ。歴史に隠《かく》された『真実』とはいったいどのようなものだったのかと──」

残された書物で知る《雨の魔女》は現実とあまりに駆《か》け離《はな》れている、とフレデポルトは苦々しく言った。

「《王の魔女》は私の曾祖母《そうそぼ》ではあるが不可解な点も多い。それは君も知っているだろう？」

「……」

「まさかこんなことが起こるとは思わなかった……というのが正直なところだ」

いつになく焦燥《しょうそう》したフレデポルトの様子にレオラートは息を吐《は》きだした。踵《きびす》を返し、壁《かべ》に掛けられた対鏡に近づく。手をかざしてふれてみるが、もちろん反応はない。ただの黒の鏡面だ。

──……。

レオラートが鋭《するど》い眼差《まなざ》しで鏡面を見据《みす》えていると、

「はいはい……いったいなんだってんだ？　あたしゃ、もう帰るんだよ？」

無償《むしょう》労働をする精神なんてこれっぽっちも持ち合わせていないんだからねっ！　とからっとした物言いをする女の声が廊下《ろうか》から聞こえてくる。

「なんだいリカルダ。めずらしい……おまえがあたしを呼んだのかい？」

部屋に姿を見せたのは《石の魔女マクシーネ》。「今夜は空から槍《やり》でも降るんじゃないか」とつまらなそうに鼻を鳴らすと、

「マクシーネ、急用だ。あれに見覚えはないか？」フレデポルトがマクシーネに歩みよった。

「フレデポルトじゃないか。晩餐《ばんさん》会で見ないと思ってたら」

「マクシーネ、つもる話はあとにしよう」

「ヒューゲル山脈で新たに採掘《さいくつ》されたっていう金鉱石の話がしたいね」

「わかった、考えておく」

フレデポルトが降参したように両手をあげれば、マクシーネはリカルダに促《うなが》され、対鏡のまえに立った。「……こりゃ、たまげたもんだね」と驚《おどろ》きの声をあげる。

「対鏡じゃないか。えらく大きいね」

「どこに通じているのかわからないか？　リルが……《雨の魔女》がこの鏡に吸いこまれ

た」

レオラートが言った。マクシーネはブルーのアイシャドウを塗《ぬ》った目でちらりとレオラートを見て、「あんた、あの子のこれかい？」と親指を立てた。

「対鏡はその名のとおり、『対《つい》』なんだよ。どこかにもうひとつ、同じ鏡があるはずだ」

それにしても人が通れるくらい大きいのは初めてみたね、とマクシーネは黒の鏡面をしげしげと観察する。

「どれ……？」

マクシーネが手をかざして、鏡面にふれる。

「リルー？　いるのかーい？　あたしだよ～マクシーネさまだよ～」

リールー？　とマクシーネは鏡に向かって呼びかけた。一方、レオラートは対鏡をじっと見つめる。

──どこかにもうひとつ、同じ鏡がある……。

顎《あご》に手をあて、思案する。黒の大きな長方形の鏡。どこかで見たような気もするが──

◇◇◇

『アレクシア……君がいなかったら国土《ウィズリー》を統一することなど夢物語だっただろう』

『豊かな国にしてね。お腹《なか》をすかせた子が出ないように……』

『努力する。子どもは国の宝だから』

新緑が香る季節、爽《さわ》やかな風が丘《おか》を駆けぬける。黒のドレスがたなびいて、金色の髪《かみ》が青空の下で揺《ゆ》れていた。

『アレクシア、私が王となったら君を王妃《おうひ》に迎《むか》えたい。諸侯《しょこう》も騎士《きし》も君なら歓迎《かんげい》するはずだ』

甲冑《かっちゅう》に身を包んだ男に呼びかけられて、金色の髪の女は首を横に振《ふ》る。

『バルトルト、知っての通り、私は魔女よ』

『だからなんだ？』

『政治の場にはふさわしくない』

『おどろいたな、君がそんなことを気にするなんて』

男は丘に立つ女に近づき、うしろから抱《だ》きしめる。

『私が愛するのは君だけだ。これまでもこれからも――』

青々と葉を茂《しげ》らす木々が風に吹《ふ》かれ、さざなみのような音を立てる。丘の下では城の建設が始まっていた。あちらこちらから職人の声が響《ひび》き渡《わた》り、四角く切りそろえられた斑岩《ポーフイリー》が荷車にのせて運ばれる。

労働者が行き交《か》うなか、赤髪の女が丘の上のふたりを見つめていた。

『……』

赤い爪《つめ》を噛《か》み、ぎりっと奥歯を噛み締《し》めた。指先には血が滲《にじ》み、紅《べに》をひいた唇《くちびる》は『どうして……わたくしじゃないの……』と忌々《いまいま》しげにつぶやく。

◇◇◇

『毎晩、だれかに殺されそうになる夢を見るんだ。金髪《きんぱつ》の女が、私の首を絞《し》めようとする……』

とある一室――木製の椅子《いす》に腰《こし》かけた男は頭を抱《かか》え、声を絞《しぼ》りだした。大量の汗《あせ》をかき、身体《からだ》が小刻みに震《ふる》えている。

『――それは、アレクシアではないのですか？』

男のまえに立った赤髪の女。赤いドレスに身を包んでいて、男の耳元に唇をよせると、

『アレクシアがバルトルト様に呪《のろ》いをかけようとしているのでは？』

『べ、ベアトリクスっ、君はなんてことを！』

男は目を見開いて椅子から立ちあがる。興奮のあまり、過呼吸になる男に向かって赤髪の女はにっこりと笑《え》みを浮《う》かべると、

『わたくしがバルトルト様の夢を覗《のぞ》いてさしあげましょう。金髪の女がアレクシアかどう

か確かめてみます』
『な……に？』
『わたくしは夢見の魔女——夢はわたくしの庭でございますわ』
赤髪の女はバルトルトの震える肩《かた》に手を置いた。
『さぁ、すべてわたくしにお任せください』

◇◇◇

城の城壁《じょうへき》が完成するころ、城内に設けられた天幕の奥で声が聞こえる。

『おめでとうございます。ベアトリクス様、ご懐妊《かいにん》でございます』

白衣を着た司祭が告げる。無精髭《ぶしょうひげ》を生やし、呆然《ぼうぜん》と立ち尽《つ》くす男の姿があった。『うそだ——』と声にならない声でつぶやけば、

『バルトルト様、わたくし、うれしい』

赤髪の女が身を硬直《こうちょく》させた男に抱《だ》きつく。

『……うそだ……どう、して……』

『夢のなかで逢瀬《おうせ》を重ねたではありませんか？』

赤髪の女が淑《しと》やかに言った。『きっとアレクシアも祝福してくれます。バルトルト様の

子ですもの』と口角をあげれば、様子を見にきたであろう金色の髪の女が、手にした白薔《しろば》薇《ら》を床《ゆか》に落とす――

◇◇◇

夕陽《ゆうひ》が傾《かたむ》き、まもなく城が完成するというころ。

水路に渡された橋を歩く金色の髪の女に、大きなお腹を抱《かか》えた赤髪の女が呼びかける。

『アレクシア、わたくしを恨《うら》んでいます？』

『……』

『恨んでくれて結構よ。わたくしはずっとバルトルト様を愛していたのですから。あなたが現れる前からずっと！』

お腹を撫《な》で、勝ち誇《ほこ》った笑みを浮かべる赤髪の女。愛《いと》しい男の『子』を産めるということが彼女のすべてとなっていた。

金色の髪の女は表情を変えない。そして、ひとつだけ言葉を残す。

『ベアトリクス。夢見の力を使いすぎるといつか身を滅《ほろ》ぼすわ。夢魔《むま》を甘く見ない方がいい』

『まぁ！　最後の忠告？　やさしすぎて涙《なみだ》が出るわね、アレクシア』

『……』

血がしたたるような西陽がふたりの魔女《まじょ》を照らしていた。細く伸《の》びる影《かげ》。水のない水路。赤土が風にさらわれて砂埃《すなぼこり》のように舞《ま》い、茜空《あかねぞら》を濁《にご》す。

——アレクシア、あなたの忠告を聞いておけばよかった……。

夏の夜に似た生暖かい風が吹いていた。

どこからともなく「すんすん……」と子どものすすり泣く声が聞こえてくる。

「？」

グラウス城の居館——王の間にあった対鏡《ついかがみ》にのみこまれたリルは道も光もない……暗い空間をあてもなく歩いていた。

ふり返っても入り口はおろか、なにも見えず、行く手に出口らしきものもない。ただぬるい風がリルの頰《ほお》を撫でてはすり抜《ぬ》けていく。

リルは目をぱちくりとさせ、「ここはいったい……対鏡のもう一方が出口じゃないの？」とつぶやく。不思議そうに小首をかしげていると行く手に蠟燭《ろうそく》のような灯《あか》りが灯《とも》り、赤毛の幼子が泣いている姿がぼんやりと浮かんだ。

『うそじゃないもの、ほんとうに見えたんだもの……』

赤毛の幼子は頰を腫《は》らして泣いていた。大人に叱《しか》られて、叩《たた》かれたのだろうか。頰は赤く腫れあがり、口の端《はし》に血が滲《にじ》んでいた。くすん、くすん、と洟《はな》をすすり、声をもらす。

その幼子の姿にリルの胸がずきん、と痛む。『バケモノ』と忌《い》み嫌《きら》われた自分の幼少期と重なった。養護院で暮らしていたとき、少し先が見えることがあった。それを口にすると、不思議そうな顔をしていたシスターの顔色が変わり、きまって鞭《むち》で叩かれる。「悪魔《あくま》がとり憑いている」と騒《さわ》ぎたてたのだ。

『ゆめのなかで、ウェインがお菓子《かし》をかくしていたのよ。本だなのおくにビスケットを――』

赤毛の幼子が泣きながら話す。やはり幼子も鞭で身体を打たれ、うずくまり、立ちあがれない。

「ちょっと――！」

リルが止めに入ろうと声をあげたとたん、蠟燭の灯りを吹き消すように、その幼子の姿も消え去ってしまった。

『わたくしの夢を見る力は魔力《まりよく》というものです。各地に存在する魔女と等しいもの』

幼子が成長し、柘榴石《ざくろいし》のような赤髪《あかがみ》も長く伸びた。胸に手をあて、誇らしげに告げる。

自身が《夢見の魔女》であると。

しかし、周囲の目は冷たい。ざわざわと訝《いぶか》しむ声が聞こえて——また姿が消える。


『——わたくしがアストリット大公殿下《でんか》をお手伝いし、統一戦争を戦うと？』

大人に成長した赤髪の女。嬉しさのあまり顔が紅潮し、目を輝《かがや》かせた。

『アストリット大公……バルトルト様がわたくしを必要としてくださっているのね？』

女は赤いドレスに身を包み、生まれて初めて顔に化粧《けしよう》をほどこした。『これで堂々と外を歩ける！』と喜ぶ姉の姿を心配そうにみつめる弟の姿——

整えられた黒髪、灰色の眼《まなこ》、レオラートによく似た男性だ。


「……」

リルはその場に立ち尽くし、流れるように映し出される光景を見ている。——これは対鏡の記憶《きおく》だろうか？

青い瞳《ひとみ》を細め、リルは赤髪の女を見つめた。

――ベアトリクス……。

グラウオール家に生まれながら、リルと同じく、幼少期には『魔力』を不気味なものとされ、虐《しいた》げられていたのだろうか。

そのベアトリクスをバルトルトが統一戦争に駆《か》りだした。

――わたしはミス・アレクシアが連れ出してくれたけど、ベアトリクスは……。

リルが沈痛《ちんつう》な面持《おも》ちでうつむくと、また、すすり泣く声が聞こえてくる。


赤髪の女は急に老《ふ》けこみ、身体《からだ》を丸めて泣いている。『どうして……どうして……わたくしを愛してくださらないの……？』と声を震《ふる》わせた。

その背後に黒い翼《つばさ》を持った影がとり憑いている。夢魔だ。

『――おまえは呪《のろ》われている。忌み嫌われているんだ。身を捧《ささ》げた王からも、同じ魔女からも』

夢魔の声は割れていて、高音と低音が混ざったような声色《こわいろ》だった。

『おまえはもはや魔女ではない、悪女だ。悪魔の我と契約《けいやく》しただろう？　恨まれて苦しんで死ぬしかない』

夢魔が赤髪の女の耳元でささやきつづける。

リルは指先に風を集め、夢魔をとり除こうと風を解き放つ。が、ふっと、また姿が消え去る。

「ベアトリクスっ」

リルは声をだして、赤髪の女の名を呼んだ。

「だめよ、悪魔に耳を貸してはだめ！　あなた自身がきちんと向き合わないと――」

そう言って、リルが足を一歩進めたとき、とつじょ視界が開けた。

目のまえに窓が連なっていて、皓々《こうこう》と輝く月が真正面に見える。

「……月――？」

まぶしそうに手をかざして顔をしかめたリル。開け放たれた窓から夜風が吹《ふ》きこみ、暗闇《くらやみ》のときと同じようなぬるい風がリルの前髪を揺《ゆ》らした。生成《きな》りのカーテンがふわりと舞い、窓辺に立つ女の影が床に伸びる。

「……」

蠟燭の灯《あか》りすらない部屋は青白い月明かりに照らされるのみ。まるで海のなかのように深く沈《しず》んだ景色だった――くすんだ金色の天蓋《てんがい》に窓枠《まどわく》の影が落ちるベッド、黒ずんだ円い絨毯《じゅうたん》とふるぼけた机と椅子《いす》。

うしろをふり返ると――黒く大きな対鏡。

「ここはどこ――？」

リルは、女のうしろ姿とその窓の向こうに広がる景色に目をこらした。月夜に浮《う》かぶ……黒い森。

ふと鳥の羽音が聞こえて、風に揺すられた木の葉がざわざわと音をたてる。

――もしかしてヒバの森……？

一羽《わ》の鳥の影が窓の外を横切ったかと思えば、鉄柵《てっさく》の手すりに止まった。「ホー」とくぐもった声で鳴き、金色の両眼《りょうがん》を光らせた。フクロウだ。

「ここは……グラウオール邸《てい》？」

リルが辺りを見回すと窓辺に立つ女がふり返った。赤毛の長い髪を風になびかせて、泣いていたのか、目がひどく腫れていた。

『……わたくしを殺しにきたの？　アレクシア』

女の声は割れていた。対鏡を通るときに見た夢魔《むま》と同じように、高音と低音が混ざっている。

以前、リルはアレクシアの書斎《しょさい》にある本で読んだことがあった。夢魔――つまりは悪魔にとり憑《つ》かれる原因はおおよそ二通りあると。

ひとつ、悪魔を呼びよせるほどの邪悪《じゃあく》な行いをする。

ひとつ、悪魔の力を欲《ほっ》し、自ら悪魔を呼びよせ、自身の魂《たましい》を媒介《ばいかい》する邪術《じゃじゅつ》を行う。

──彼女は後者だろうか、とリルは冷静に思った。

『殺したいほど憎《にく》んでいるのでしょう？　……だから、わたくしは死ねないの』

赤髪の女──ベアトリクスは自嘲《じちょう》気味に微笑《ほほえ》んだ。赤い口紅はぬられていたが、顔色は悪く、右手は朽《く》ちて黒く変色している。以前、グラスハウスで見かけたときよりも痩《や》せこけ、虚《うつ》ろな顔をしていた。

『アレクシア──』

ベアトリクスは焦《こ》がれるようにリルに呼びかけた。リルは目を背《そむ》けない。

「……ベアトリクス。もう百年経《た》ったわ」

『……ひゃく……ねん？』

「そう、統一戦争から百年。バルトルト王も亡《な》くなって、ミス・アレクシアも──《雨の魔女《まじょ》アレクシア》も昨年亡くなったの」

リルは静かに語りかける。その光景を鉄柵に止まったフクロウがじっと見つめている。

「もう、あなたも眠《ねむ》っていいころよ」

ベアトリクスは灰色の目を見開いた。『……ひゃく、ねん……？』と困惑《こんわく》したようにつぶやいている。

その様子を眺《なが》めながら、リルは思案する。

フレデポルトが言っていた──グラウオール邸の敷地《しきち》内にベアトリクスの墓があるとい

うことは、ベアトリクスの身体はすでに埋葬《まいそう》されて、肉体は滅《ほろ》びているということ。

ただ、この世に未練を残して、悪魔《あくま》にとり憑かれた魂が『強い思念』となって、さまよっている。

『アレクシア……嘘《うそ》を言わないで。あなたは生きてるじゃない……わたくしをこんなにも憎んで……』

泣き笑うような表情をしてベアトリクスは言った。リルは訝《いぶか》しげに眉《まゆ》をよせる。

──もしかして……自らの行いを後悔《こうかい》しているの？

リルは生前のアレクシアからベアトリクスの悪口を聞いたことがなかった。《夢見の魔女》という稀《け》有《う》な力を持った魔女がいた──それしか話を聞いていない。

アレクシアはバルトルトと袂《たもと》を分かったが、そのことを悔《く》いている様子はなかった。すくなくとも、リルがともに暮らした七年間は。

アレクシアは彼女の人生をまっとうに生きて、生き抜《ぬ》いて、旅立った。

「……」

『ねぇ、アレクシア……』

ベアトリクスは骨と皮だけの手をすがるように伸《の》ばし、リルの頬《ほお》に触《ふ》れた。温度を持たない指先。煤《すす》のような臭《にお》いがする。

『あなたはこんなにも美しい姿でいるのに……わたくしはどうして……』

リルの頬を撫《な》で、力なく腕《うで》を下ろすベアトリクス。肩《かた》を震わせ、嗚咽《おえつ》を漏《も》らしはじめる。

リルは目を細めた。藁《わら》のように枯《か》れ果てたベアトリクスの向こうに、陽炎《かげろう》のような光景が浮かび上がる——


『アレクシア、捜《さが》したわ。こんなところにいたのね……』

見慣れた青い家のまえ、見慣れた白薔薇《しろばら》の風景のなか、ふたりの女が対峙《たいじ》している。

『……ここはあなたが来るような場所ではないわ。城へ帰りなさい』

『そんなふうにすました顔をして、わたくしに呪《のろ》いをかけたのね？　ひどい女』

『……』

統一戦争時は金色だった髪《かみ》が白金となって、風に揺れていた。一方、やせ細った赤髪の女は忌々《いまいま》しそうに顔を歪《ゆが》め、

『アレクシア、わたくしを……このわたくしをっ！　恨《うら》んでいると！　憎んでいると！　素《す》直《なお》に言いなさいっ。こんな辺鄙《へんぴ》なところに引きこもりながらバルトルト様の心を奪《うば》い続けるだけでなく、わたくしまで呪うなんて！』

赤髪の女はカナキリ声をあげて頭を掻《か》きむしった。

一方、白金の髪の女は目も合わさず、白薔薇の手入れをつづける。パチン、と真鍮《しんちゅう》バサミで一本摘《つ》み取ると、『ベアトリクス……これをあげるから帰りなさい』と静かな口調で

言った。

さしだされた白薔薇に息を詰《つ》めた赤髪の女は、それを乱暴に払《はら》いのける。花びらが無残に散って、一瞬《いっしゅん》のうちに吹いた風に攫《さら》われて舞《ま》い上がった。淋《さび》しそうなほどに高く抜けた薄青《うすあお》の空。冷えた秋風に花びらが遊ばれ、ひらひらと、ふたたび落ちてくるころに――

『白薔薇なんて！　白薔薇なんて……！　城の庭までこの花で埋《う》め尽《つ》くされているというのに……っ』

赤髪の女が握《にぎ》った拳《こぶし》をわなわなと震《ふる》わせた。

毎朝、バルトルト王自らが庭に出て、白薔薇の手入れをする。グラウス城が築城されてからずっと――ふたりの子が生まれようとも、ベアトリクスが王妃《おうひ》の座に就《つ》こうとも。

朝に摘み取った白薔薇はすべて棘《とげ》をとってから部屋の花瓶《かびん》に飾《かざ》られていた。丁寧《ていねい》に、それはそれは丁寧に扱《あつか》われ――王が白薔薇を見つめる目は慈愛《じあい》に満ち、一方で淋しさも、侘《わび》しさも……子にも自分にも、向けられたことのない眼差《まなざ》し。

『ずるいわ……アレクシア。あなたばっかり……ずっとずっとあなたばっかりっ……！』

わたくしにこんなにも苦しい呪いをかけて――！　と赤髪の女は喚《わめ》き散らすと、我を忘れたかのように白薔薇をむしり取り、奇声《きせい》をあげながら駆《か》けていく。

『……』

白金の髪の女はその光景を目に映すだけだ。赤髪の女の姿が見えなくなるとかすかな息を落とし、傷《いた》めつけられた白薔薇に手を伸ばす。一本一本、淡《あわ》い光を放って蘇《よみがえ》らせていく。

しかし、最後の一本は踏《ふ》み潰《つぶ》されてしまっていて、土の上にひしゃげていた。花は落ちていなかったが緑の葉は傷み、茎《くき》ごと折れてしまっている。

白金の髪の女——アレクシアはおもむろに膝《ひざ》を折った。風に遊ばれる髪を耳にかけ、白薔薇をいたわるようにやさしくふれる。

「——」

青白い光が辺りを包んだかと思えば、アレクシアはそっと白薔薇を胸に抱《だ》いた。なにかをささやくように唇《くちびる》が動いたが、ピゥーと秋風が鳴き、声はかき消される。

その白い頬にひとすじだけ……宝石のような涙《なみだ》が伝っていた。

「……」

息をするのも忘れるような儚《はかな》い光景は波が引くかのように消え去っていく。

あいかわらず、半身が朽ちているベアトリクスが『どうして……どうして……』となんどもつぶやいていていた。

『アレクシアばかりが……どうして……』

リルはおもむろに目を閉じ、胸に手を当てる。トクン、と静かな鼓《こ》動《どう》が聞こえ、「……

ミス・アレクシア」と問いかけた。瞼《まぶた》の裏に浮《う》かぶ師は、リルが初めて出会ったときと同じように輝《かがや》かしく、まぶしく、聡明《そうめい》で——

その師が困ったように、けれど満足そうに微笑んでいた。まるで少女のように可憐《かれん》な唇から、『ベアトリクスのことは……リルにお願いするわ』と聞こえた。

「ミス・アレクシア……あなたがいなくなってから一年が経ちます」

『知ってる。いつも一緒《いっしょ》にいるのにリルは泣いてばかり』

「だって……」

『もう、わかるわよね？』

師が訊《たず》ねるとリルは眉尻《まゆじり》をさげながらも、こくんとうなずいた。胸に当てた手から感じるたしかな心音。ひとりではない。

『リル……あなたにも大切な存在ができたのでしょう？』

リルの胸のなかに——師を思う気持ちとは別の感情が芽生えていた。師を亡くして悲しみに暮れ、坦々《たんたん》と過ぎゆく日々。そこへ現れたのはかつて自分を救ってくれた灰公爵《はいこうしゃく》様だった。

不安はあったけれど、力になりたいと思った。会えば心があたたかくなり、ドレスを着て一緒に食事をするとドキドキした。会えなくなると知って淋しさがつのり、ほかの女性とダンスを踊《おど》ると聞けば胸がざわついた。

――この感情はなんだろう……？

胸に置いた手をきゅっと握る。

『リル、魔女《まじょ》はね。……恋《こい》を知って一人前になるのよ』

魔滅石《まげんせき》のネックレスを胸にかけられたとき、アレクシアが言った。涙に濡《ぬ》れるリルの頰《ほお》を撫で、頭を撫で、最期《さいご》まで寄り添《そ》ってくれた師の言葉。

恋だなんて……いまもその言葉の意味はわからない。

わからないけれど――

リルはそっと瞼を開いた。真紅のドレスを着たベアトリクスはレオラートと同じ灰色の眼《まなこ》をしている。けれどレオラートとは全く別物の、絶望と憎悪《ぞうお》の入り混じった瞳。リルはベアトリクスから伸《の》びる影《かげ》に視線を向ける。それはひどく禍々《まがまが》しい形を成していて、まるでベアトリクスの首を絞《し》めるかのように絡《から》みついていた。

――彼女をこのまま放《ほう》ってはおけない。

「……ねぇ、ベアトリクス」

リルが呼びかけるとベアトリクスはハッとした様子で『――な、なに』と応じた。

「わたしはミス・アレクシアじゃないの。リルよ」

『……リ、ル？』

「そう、リルよ」

リルは念を押すように告げると、生気を失ったベアトリクスの髪《かみ》に手を伸ばす。チリッとわずかな痛みが伴《ともな》い、リルが触《ふ》れたそばから灰のように粉々になってほどけていく。古《いにしえ》より魔女と悪魔《あくま》のつながりは深い。奇妙《きみょう》な縁《えん》で結ばれているものもいれば、水と油のようにけっして相容《あいい》れない存在もいる。

「──出ていきなさい」

毅然《きぜん》と声を発したリル。その手から青い光があふれると、『……ギィヤァァアァッ！』とけたたましい声が部屋に響《ひび》きわたった。ベアトリクスの身体《からだ》から巨大《きょだい》な翼《つばさ》を持った影が飛びだす。

夢魔《むま》だ。

『──き、貴様……聖魔女か？　その手で我に触れるなっ！』

「あれ、ちいさい？　本で読んだ夢魔はもっと大きなイメージだったけど……」

『貴様、ゆるさぬぞ！　この女は我が何百年の時を経て、やっと見つけた宿り主であるというのにっ！』

「魔女の魂《たましい》を宿り主とするなんて悪趣味《あくしゅみ》よ」

リルはそっけなく返して、ふたたび右手に青白い光を集めはじめる。『ヒィ！』と夢魔の割れた声が響き、巨大な翼を羽ばたかせた。部屋に突風《とっぷう》が巻き起こり、ガラス窓がガタガタと揺《ゆ》れ、カーテンが乱暴にはためく。

「もうっ！」

とっさに顔をしかめたリルはあまりの風の強さに目を閉じる──「このままじゃ逃《に》げられる」と内心焦《あせ》ったが、夢魔の気配は消えなかった。

不思議に思ったリルはそろりと目を開ける。

夢魔は逃げようと翼をなんども羽ばたかせていたが、それを阻止《そし》するように、月明かりでできた夢魔の影を鋭《するど》い爪《つめ》が押さえつけている。──さきほどのフクロウだ。

猛禽類《もうきんるい》特有の金色の眼が光っていた。まるで琥珀《こはく》のようなそれがリルをうながすように視線をよこしたので、リルはごくりと唾《つば》を飲みこみ、右手に光をたくわえる。

──『光と闇《やみ》は表裏一体。光無くして闇は消えない』

「『闇を無くして光は現れない』」

師アレクシアが残した言葉を復唱し、めいっぱいの光を手から放つ。同時に、首にかけていたネックレスの石が弾《はじ》けるように砕《くだ》け散った。まばゆいほどの光は夢魔に向かってまっすぐ伸び、部屋全体が神々《こうごう》しい光に包まれる。

初めてアレクシアの魔法《まほう》を目の当《ま》たりにした、あの光がリルの手からもあふれ出す──

まるで熱した鉄鍋《てつなべ》に水をかけるかのようにジュゥウゥウ……と激しい音が部屋に鳴り響

いていた。

『……きィ、きぃサァ、まァアぁア……』

断末魔《だんまつま》さえも割れた声だ。

夢魔の背にある両翼《りょうよく》がリルの放った光に照射され、みるみるうちにちいさくなる。ジリジリと焼かれるように形を失った夢魔はカケラほどの石となり、板間の床《ゆか》にコトン、と落ちた。

赤黒く光る柘榴石《ざくろいし》のようだった。

「これは……」

リルが驚《おどろ》いた様子で、床に落ちた石を見つめる。

――もしかして『魔女の石』？

古来、魔力《まりょく》の影響《えいきょう》から魔女の魂は結晶《けっしょう》化するといわれ――『魔女の石』と呼ばれるそれを次代に託《たく》すことで、特異な力が継承《けいしょう》される。

『魔女の石』を託す方法は魔女によって様々で、肉体が朽《く》ちてしまってから取りだす場合もあれば、生きている間に意図的に取りだし、後継者《こうけいしゃ》が口から飲みこむケースもある。

リルの場合、生前のアレクシアから『魔女の石』を受けとっており――リルの手を介《かい》さず、胸に溶《と》けていった。そのときに見たアレクシアの『魔女の石』は、まるで青玉《せいぎょく》のような深い青色をしていたように記《き》憶《おく》する。

「……」

目のまえの柘榴石はベアトリクスの『魔女の石』だろうか。百年にわたり、夢魔がとり憑いていたせいか、ちいさく、欠けていて、黒ずんでいた。

――たしか《王の魔女》は継承が叶《かな》わなかったって言ってたっけ……。

グラウス城で交《か》わされたリカルダとの会話が思い返された。

リルはおもむろに身をかがめ、石を拾おうと手を伸ばす。が、フクロウがリルの肩《かた》に止まり、翼を羽ばたかせた。リルを制止するかのように、金色の瞳をリルに向ける。

「……ほかの『魔女の石』にはさわらないほうがいい？」

リルの言葉に、フクロウはくぐもった声で喉《のど》を鳴らす。リルが目をしばたたかせると柘榴石から陽炎《かげろう》が揺らぎたった。月光に透《す》け、白いワンピースを着た女。夢魔がとり憑いていたときのような存在感はなかったが、夏の終わりごろの侘《わび》しい雰囲気《ふんいき》をまとっている。

赤髪の――ベアトリクスだ。

「ベアトリクス……」

リルの呼びかけにベアトリクスは申し訳なさそうな色を滲《にじ》ませながら、対鏡《ついかがみ》をふり返った。グラウス城・王の間にも同じ対鏡が設置されている。

夢魔から解き放たれてもなお、彼女に残る感情は……

「ベアトリクス、知ってる？」

いまの王が誰《だれ》なのかを……、とリルが穏《おだ》やかな口調で語りかける。ベアトリクスは対鏡を見つめたまま、なにも反応しない。

「フレデポルト王というの。わたしも今晩初めて会ったわ。赤い髪に灰色の眼をしていて……」

あなたによく似ていたわ、とリルは言葉をつづけた。

『……フレデ……ポルト……？　赤い髪……？』

不思議そうにベアトリクスがリルに視線を戻《もど》すと、リルは深くうなずいた。

「そう。あなたの曾孫《ひまご》よ。安心して、ちゃんとあなたの血は残っているわ」

リルがそう話すとベアトリクスは灰色の目を見張った。『わたくしの子……』と戸惑《とまど》いの表情を見せながらも、

『……わたくしの、子……？　その子の……子ども……そのさらにつぎの……』

たしかめるようにベアトリクスが紡《つむ》ぎだすと、呼応するかのように両眼から涙《なみだ》があふれた。真珠《しんじゅ》のようにまるく、大粒《おおつぶ》の涙。ぽたぽたと落ち、砕け、散っていく。子ができた喜びを分かち合える人はなく……生まれた子をバルトルトは一度も抱《だ》くことはなかった。

――わたくしだけは子どもたちを愛しつづけなければ……。

子に接すれば、自分の行いが如何《いか》に愚《おろ》かだったかということに気づいた。だが、それを認めることは子の存在をも否定すること。

――愛されたかった。愛する以上に、愛されたかった。

『……ごめんなさい――』

仄《ほの》かな月明かりが部屋を染めあげ、駆《か》け抜《ぬ》けるよう風が吹《ふ》きこむ。ひらりと舞《ま》うカーテンとともにベアトリクスの赤髪も揺れた。その風に攫《さら》われるよう、姿もほどけていく。床に落ちた柘榴石が固めた砂のようにぽろりと崩《くず》れた。

リルはその光景をただ眺《なが》める。

身を切るように淋《さび》しく……愛する人に愛されることはないという絶望感。形容しがたい孤独《こどく》と、一方で、罪の気配を感じ、だれかに恨《うら》まれているのではないかという恐怖《きょうふ》。

――呪《のろ》いは……彼女自身が自分でかけたものだったのかも……。

晩夏の生ぬるい夜風に消えゆく彼女の表情はわからなかったが――どうか今度こそ心穏《こころおだ》やかに眠《ねむ》れますように、とリルは切に願った。

部屋は静けさをとり戻し、ふと、鉄柵《てっさく》に止まったままのフクロウにリルは目をとめた。思い返せば、夢魔を逃《のが》さずに済んだのはこのフクロウのおかげだった。まんまるの金色の瞳《ひとみ》がじっとリルを見つめている。

「……お願いをしてもいいですか?」

おもむろに歩を進め、リルはフクロウに訊《たず》ねる。「ロルフという庭師がこちらで働いていたようです。彼の行方《ゆくえ》を捜《さが》しているのですが――」

リルが事情を説明するとフクロウはその翼《つばさ》をひろげた。リルが両腕《りょううで》を伸《の》ばしたよりも大きく、夜空の月を背負ったようにも見える。

「……心当たり、あります？」

うかがうように問いかけると、フクロウは何度か翼を羽ばたかせ、鉄柵から飛び立った。

そのまま屋敷《やしき》の上空を旋回《せんかい》し、月夜に溶けるフクロウ。そのフクロウの姿を見送った直後――遠くに望むグラウス城から花火が打ち上がる。

「え――？」

これは……花火？　というリルの声はドォオンという、腹に響《ひび》く音によってかき消されてしまう。

建国百周年を祝う花火だった。

立てつづけに、ヒュゥウウ～と笛がなり、夜空に大輪を咲《さ》かす。黄色、赤、それぞれ円形に火花が散っては、儚《はかな》く、闇に消えていく。

リルは生まれて初めて見る花火を目に映しながら、

――レオラート様と見たかったな。

胸のうちでつぶやいて、しばらく、窓辺を離《はな》れられなかった。

レオラートは馬を走らせていた。

バルトルト王の居室で見た対鏡――どこかで見たような気がして、すぐさま記憶を辿《たど》った。


――《夢見の魔女《まじょ》ベアトリクス》が晩年を過ごしたというあの部屋……。

開かずの扉《とびら》となっていたその一室は、代々、グラウオール家の当主が代替《だいが》わりのときにだけ扉を開けるという。

なぜ、そのまま残しているのか、いまとなっては理由がわからない。レオラートが当主を継《つ》いだときには、先代である父はすでに亡《な》くなっていて……名代の姉もまた、その部屋には近づいたことがないと話していた。

レオラートはわずかな興味があって、一度だけ、部屋を訪《おとず》れたことがある。

埃《ほこり》っぽいその部屋は窓の外に鉄柵があり、まるで鳥かごのようだった。絨毯《じゅうたん》や机、ベッドなども当時のまま残され、壁《かべ》には大きな黒い板が貼《は》りつけてあった。黒曜石のように黒々と光る一方、なにも映さない鏡面――

レオラートは手綱《たづな》を握《にぎ》る手に力をこめた。あれが対鏡であったのなら、リルはグラウオール邸《てい》の二階にいるはずだ。

ほどなくして、グラウオール邸の正門が見えてくる。レオラートが「開門！」と馬上から声をあげると、門の前に立つ衛兵が驚《おどろ》いた様子で鉄製の扉を押し開ける。

「か、閣下、どうなされました？　ずいぶんお早いお戻りで……」

レオラートの帰宅に気づいた筆頭執事《しつじ》のシドウがあわてた様子で姿をみせた。

「リルは……二階の開かずの間に異変はないか？」

「は、はい？」

突然《とつぜん》のことにシドウはすっとんきょうな声をあげる。「西の居館にある……開かずの間のことですか？」と眼鏡を上げながら不思議そうに返すシドウに、レオラートは言葉を交《か》わす時間すらもったいなく感じられ、階段に足を向けた。

普段《ふだん》は使用人さえ訪れない西の居館、廊下《ろうか》のつきあたり。荊《いばら》の蔓《つる》が彫《ほ》られた木製の古めかしい扉が目に入る。

レオラートは性急に扉を開けひろげ、灰色の眼《まなこ》をこらした。瞬時《しゅんじ》に部屋のなかを見渡《みわた》す。灯《あか》りひとつないので締《し》め切られていたカーテンを開けひろげ、青白い月明かりを呼びこんだ。

「リル……？」

室内をふり返るが――なんの気配もない。レオラートは靴音《くつおと》をさせ壁際《かべぎわ》に歩みより、べルベット地の布を取りはらう。かつて訪れたときと同じく、大きな黒い板が壁に貼り付けられているのを見つけた。

——あった……。

息をのんだレオラートは鏡面に近づき、「……リル」とふたたび呼びかけた。

《石の魔女マクシーネ》はグラウス城にある対鏡《ついかがみ》の前に留《とど》まり、魔力《まりょく》で働きかけると言った。もう一方の対鏡がリルの魔力に反応するだろうからと。

「リル……——リルレティ」

しかし、レオラートが対鏡に手をあてても鏡面のままだ。グラウス城のものと同じく、黒く光るものの、なにも映さない。

——城の対鏡と一対ではない……のか？

険しく眉《まゆ》をよせたレオラート。手燭《てしょく》を持った執事のシドウがあわてた様子で部屋に駆けつけたが、

「閣下！　い、いかがなさいました？」

「私の留守中に……だれか来客者は？」レオラートはシドウに背を向けたまま静かに問いかける。

「……来客者、ですか？　今宵《こよい》は建国祭一日目の晩餐会《ばんさんかい》でしたから……どなたの約束も受けておりませんし、急な使者もなく……」

シドウの言葉にレオラートはふり返る。「リルは——」

この部屋にリルは……、と言葉をつづけたものの押し黙《だま》ってしまったレオラート。シドウは視線をさまよわせたが「リル様も……以前、郊外《こうがい》のお宅でお会いしたっきり、その後のお便りはなく……」

「……」

レオラートは息を詰《つ》めた。五十年以上前——ベアトリクスが晩年を過ごしたというこの部屋。室内は夜だというのにひどい蒸《む》し暑さだった。なにもしなくとも、じんわりと汗《あせ》が滲《にじ》んでくる。

喉《のど》に張りつくような埃っぽさは以前となんら変わりなく、手燭をテーブルに置いたシドウが中庭に面した窓のひとつを開けた。錆《さ》びた鉄柵が他《ほか》の部屋よりも高く設けられている。

吹きこんだ生暖かい夏の夜風に生成《きな》りのカーテンが揺《ゆ》れ、くすんだ金色の天蓋《てんがい》とベッド、古びたテーブルと椅子《いす》の月影《つきかげ》が部屋に長く伸びた。

どこにも、リルの姿はない。

「……リル」

レオラートはつぶやくように名を呼んだ。深海のなかのように沈《しず》んだ景色のなか、レオラートの声が侘《わび》しく響きわたる。

「たしかに形は似てるね……」

夜が明け、《石の魔女マクシーネ》がグラウオール邸にやってきた。まばゆい朝陽《あさひ》が部屋に射しこむなか、ピンク色の髪《かみ》をしたマクシーネは何度も首をかしげている。

「グラウス城の対鏡のまえには、リカルダがいるはずなんだけど──」

反応しないねぇ、とマクシーネは渋《しぶ》い表情を浮《う》かべた。「見た目はそっくりだけど、対じゃないのか……いやでも……」と昨晩のレオラートと同じく、独り言のようにつぶやいている。

紺地《こんじ》のウェストコート姿のレオラートはその光景を見つめていた。

リルは依然《いぜん》、行方《ゆくえ》不明のままだ。レオラートは胸に重石《おもし》を抱《かか》えたような心地《ここち》になっている。

「閣下、そろそろ出発の時間ですが……」

扉から顔をのぞかせたシドウが遠慮《えんりょ》がちに声をかけた。

今日は建国祭二日目、建国記念日当日──

王族以下有力貴族は馬車によるパレードがあり、いまの時間から夕方にかけて、街の通りをめぐる。エクター公爵であるレオラートも例外ではない。

「《石の魔女マクシーネ》、これは対鏡ではないのか？」

レオラートの問いかけに、

「んー……どうだろうね。対鏡はふたつそろって初めて効果をもたらすものだし……」

グラウス城のものはリルが吸い込まれたっていう話だから、あっちは対鏡で間違《まちが》いないんだろうけど……、とマクシーネがつづけ、「こっちのはまるで眠《ねむ》ってるみたいだね」と難しい顔をして顎《あご》を撫《な》でた。

「眠っている？」

魔女の表現はよくわからない。レオラートが問い返すと、マクシーネは『魔力』が感じられないって意味さ」と息を吐《は》きながら言った。

「まぁ、あの子のことだから、どこからか勝手に這《は》い出て、ひょっこり家に帰ってるかもしれないけどね」

朝陽を浴び、まぶしそうに目を細めたマクシーネ。「あたしゃもう西に帰るから、グラウス城の対鏡と対になってそうなやつを調べてみるよ」と部屋を出ていく。「それにしても、二日も晩餐会をするなんてフレデポルトも贅沢《ぜいたく》に金を使うこったね！」とぼやいた。

「シドウ、ザシャに使いを。……リルの家に行くように言ってくれ」

「は、リル様の家に、ですか？」

「ああ」

レオラートがマクシーネの背を見つめながらシドウに命じると、外では乾《かわ》いた音が立てつづけに鳴り響《ひび》く。夏の澄《す》んだ青空に空砲《くうほう》が高らかと二発。パレードの開始を告げるものだ。

「閣下、そろそろ出発なさいませんと……」

シドウが黒の鏡面を見つめたままのレオラートをうながす。

いったい、リルはどこにいってしまったのだろうか……。

雲ひとつない快晴だった。

盛夏の陽射しは白んでいたが、空は高く、どこか秋の気配を感じさせるもので、赤い薔《ば》薇《ら》を手にした群衆は歓喜《かんき》に沸《わ》いている。

屋根部分が取り外された馬車に乗り、王族以下有力貴族が優雅《ゆうが》に手を振《ふ》る記念パレード。グラウス城の正門から始まり、エペの街を西回りにぐるりと一周。エペの玄関《げんかん》口、コレドナード門前で一度停車し、そしてふたたびグラウス城へと戻《もど》ってくる道順だ。

当然、グラウオール邸の近くも馬車はめぐる予定だが、エクター公爵であるレオラートは沿道につめかけた群衆を馬車上からぼんやりと眺《なが》めている。

「アストリット王国万歳《ばんざい》！　エクター公爵閣下万歳！」

沿道の衛兵が声をはりあげ、レオラートが乗った馬車がゆったりと通りを駆《か》けていく。

「……」

ふと、レオラートの目にフラワーショップ【パウラ・ポウラ】が映った。目印の青いオーニングテントが今日は閉じられていて、赤い薔薇で作られたリースが店頭に飾《かざ》られている。

初夏のあの日、グラウス城から帰宅途中《とちゅう》だったレオラートは、偶然《ぐうぜん》、街を歩くリルを見つけた。腕《うで》からこぼれそうなほど白薔薇を抱《かか》えていて、人混みを歩く足どりがどことなく危なっかしかった。

姉のネックレスの贈《おく》り主を捜《さが》してもらいたい気持ちが一番にあったが、どこか魔女《まじょ》らしからぬ彼女から目が離《はな》せなくなり……今に至る。

あのとき【パウラ・ポウラ】で買い取ったオリーブの苗木《なえぎ》はグラスハウスで無事育っている。自領に戻るため、王都エペを発《た》つまえにふたりで庭に植樹しようと考えていた。

それが――まさかこんなことになろうとは……とレオラートは息を落とす。

顔にかかる陽射しに目を細め、この夏、リルとの出会いが、まるですべて夢であったかのようにさえ感じられる。

「エクター公爵様万歳――」

物思いに耽《ふけ》るレオラートの馬車に、ふたたび声がかけられる。レオラートの翳《かげ》のある横顔にじっと視線を貼りつけ、黒い目を向ける男。

「――エレノア様っ……！」

男の必死な呼びかけは群衆の声によってかき消される。
もちろん、馬車上のレオラートにも届かない。

早朝からパレードの場所取りをしていたロルフは、近づく馬車群に高鳴る胸を抑《おさ》えきれず身を乗りだした。

「エレノア様！」

ブラウンの髪に黒い眼《まなこ》、筋肉質で均整のとれた身体《からだ》つきをしたロルフは、いつもの作業着ではなく白のシャツを着ていた。一目、エレノアの姿を見ようと目をこらす。

十年前――グラウオール邸《てい》の庭師を辞したロルフは故郷に帰った。

北の炭鉱で働き、肺を患《わずら》ってしまってから寝《ね》つくことが多かった父。その父がほどなくして他界し、母親がひとりきりとなった。

母を置いて故郷を離れるのはしのびなく、かといって、貴族の庭園で培《つちか》った技術を要する庭など田舎《いなか》にはない。ロルフは家にあるちいさな畑を耕し、牛を飼って暮らした。

近所に住まう年頃《としごろ》の娘《むすめ》との縁談《えんだん》もあったが、エレノアのことが忘れられず、すべて断った。老いた母には申し訳なかったが、そこだけは譲《ゆず》れなかった。

やがて、銅細工職人をしていた弟が結婚《けっこん》し、妻の故郷である西へと移住する。その頃《ころ》には母も亡《な》くなり、ロルフはひとりとなった。

——また庭師として働きたい。

どこかにくすぶっていた想《おも》いが形となってロルフを動かす。グラウオール邸を辞して八年の歳月が経《た》っていた。

——建国祭まで、あと二年……。

グラウオール邸のエレノア様——彼女に焦《こ》がれる気持ちは消えることなく、むしろ膨《ふく》らむばかりだった。

ある日は、分不相応だと自重し、ある日は王都へ向かい、エレノアに一目会いたいという衝動《しょうどう》に駆られた。手紙を書こうと筆をとったこともあり、拙《つたな》い筆跡《ひっせき》に絶望してしまったこともある。

一日、一日、一年、一年、エレノアを想わないときはなく、しかし、エレノア自身も身体が弱く、寝込むことが多かったことを思い出す。

——どうか健《すこ》やかに……。

最後に残った感情は、エレノアが健やかに暮らすことを願う気持ちだった。どうかお幸せに、どうか重なる不幸がありませんように、と祈《いの》る時間が増えていく。

ロルフは地方をめぐりながら、富豪《ふごう》や貴族の雇《やと》われ庭師として働くことにした。そうして転々と住まいを変え、建国祭が近づき、ロルフは自然と王都エペに行き着く。

「エクター公爵様！　……エレノア様っ！」

グラウオール家の紋章旗《もんしょうき》が掲《かか》げられた馬車群を見たとき、ロルフは声をあげずにはいられなかった。必死に目をこらし、エレノアの姿を探す。ウェーブがかった亜麻色《あまいろ》の髪《かみ》、淡《あわ》いエメラルドグリーンの瞳《ひとみ》、ペールブルーを好み、淑《しと》やかで、いつも気品高く――

「エレノア様――っ！」

ロルフの声は群衆に吸いこまれ、馬車が目のまえを駆けていく。

「！」

黒髪《くろかみ》を整えた上品な顔立ちの男が馬車に乗っていた。こちらを見ることもなく、物憂《ものう》げに遠くを眺めている。ひとりきりで、もちろん女性の姿はなく、馬の闊歩《かっぽ》する音と大きな鉄の車輪がロルフの眼前を通り過ぎる。

「……」

風が吹《ふ》いた。

彼はエレノアの夫だろうか――真っ先にロルフの頭にそんなことがよぎった。当然、その可能性は高く、ロルフはなにも考えられなくなった。

グラウオール家は王家に次ぐ家門で、エレノアは正妻であったカリーナ夫人の唯一《ゆいいつ》の娘だった。使用人に分けへだてなく接し、感情をぶつけることなどなく、静かな暮らしを好む一方、留守にしがちな父公爵に代わって女当主としての重責を背負っていた。

季節の変わり目には熱をだし、部屋に花を届けると喜ばれ、ヒバの森の巣箱に気を配り、白薔薇を好まれていたエレノアお嬢様《じょうさま》。

「……っ」

ロルフは手に拳《こぶし》を握《にぎ》る。

おこがましいと笑われてもいい。身の程《ほど》をわきまえろとなじられてもいい。

――……一目……お姿を拝見したかった……。

十年前に交《か》わした約束がこんなにも胸を締《し》めつける。

ロルフは肩《かた》を震《ふる》わせ……なすすべなく、その場に立ちすくんだ。


王都エペの玄関口――コレドナード門では楽隊が音楽を奏《かな》でている。

赤い絨毯《じゅうたん》が敷《し》かれ、バイオリンなどの弦楽器《げんがっき》と陽射《ひざ》しを反射するきらびやかな管楽器が馬車の到着《とうちゃく》を待ちわびていた。

フレデポルト王が馬車上から手を振るのを合図に、建国祭を祝う菓子《かし》が群衆にふるまわれる。街一番の菓子店【サロン・ド・モニカ】が赤と白のリボンでラッピングした菓子を配っていた。ちいさな子も大人も、一袋《ふくろ》ずつ手渡《てわた》されている。

「わぁおかしだー！　キャンディとマドレーヌっ」

「おかあさん、たべてもいーい？」

栗色《くりいろ》の髪をした幼女が母であろうドレスを着た婦人にねだっている。「しー、いまは陛下がいらっしゃるからね。馬車を見送ってからにしようね」とハットをかぶった婦人が娘にやさしく諭《さと》す。

「ピンクや黄色のキャンディ、すっごくきれい」

「陛下からのお祝いのお菓子だよ。感謝していただこうね」

口々に交わされる会話をフレデポルトが遠目に眺《なが》めている。

建国して百年――アストリット王国の目下の課題は内乱ではなく、度重なる食糧難《しょくりょうなん》だった。

初代国王バルトルトルトは国土《ウィズリー》を統一させたものの、土地が不毛で穀物の値が乱高下した時期が長い。

次代の王ジグトルトは土地改良と鉱山開発を奨励《しょうれい》し、フレデポルトの父ナッカルト王は小麦のほか、じゃがいもやトウモロコシにかかる税を軽減。農民の負担を下げる一方、西の鉱山で採掘《さいくつ》される鉱物で他国と取引し、国を豊かにさせた。

――百年という歳月をかけ、ようやくここまできたのだ。

赤髪のフレデポルトは風に吹かれながら、灰色の眼を細めた。皆《みな》が喜びをわかちあえる国でありたい。それが理想の国だと思っている。

ふと、視線を転じると、隣《となり》の馬車に乗るレオラートの姿が目に入った。旧知の仲であるレオラートの表情が昨晩から晴れない。理由はわかっているが……。

「レオ——」

フレデポルトは呼びかけようとするが、近くにいた《騎士《きし》の魔女《まじょ》リカルダ》がそれを制止する。首を横に振《ふ》った。

「いまは——陛下がなにをお話しされても難しいかと」

フレデポルトはレオラートの横顔を見る。昔から、あまり感情を表に出さない男だった。ときおり、陰《かげ》でレオラートの出自をなじる者もいたが、レオラートは相手にもしない。羨《うらや》ましいほどに芯《しん》の強い男で、自身の立場がどうであるか、どうあるべきかを心得ている。

「——エクター公」

見かねたリカルダがフレデポルトに代わって馬車上からレオラートに声をかける。

「せっかくの建国祭だ。そのようなしけたツラでは困る」

「……」

レオラートはちらりと目だけをよこし、「わかっている」と応じた。

「わかっていない。笑え」

ただでさえ、笑わないレオラートにそれはないだろう、とフレデポルトは口元を引き攣《つ》らせた。リカルダには、良くも悪くも繊細《せんさい》な心がないのだ。レオラートは《雨の魔女》に心を砕《くだ》いていたとフレデポルトは勝手に推測している。

——いや……砕いているという表現は少し違《ちが》う。彼自身は気づいていないのかもしれないが……。

今朝から――妹アリアのヒステリックに付き合わされ――できた手の傷を苦々しく思いながら、フレデポルトがレオラートを見つめていると、

「公爵のそのような顔を《雨の魔女》が望むと思っているのか？」

リカルダが沸《わ》きたつ群衆を見据《みす》えたまま言った。

「あの女はエクター公が思っているよりも図太く、たくましい」

本来、魔女とはそういうものだ、とリカルダが言葉をつづけ、澄《す》み切った青空に目を細めた。

陽が傾《かたむ》き、馬車はつぎつぎとグラウス城へと帰っていく。

今夜は近隣《きんりん》諸国からの国賓《こくひん》を招いた晩餐《ばんさん》会が開かれ、花火が打ち上げられる。

《石の魔女マクシーネ》は帰途《きと》につき、《騎士の魔女リカルダ》は王フレデポルトのそばを離《はな》れない。

レオラートは昨晩と同じ晩餐会の会場で――誘《さそ》ってくる相手をそれなりにかわしながら――リルが出て行った廊下《ろうか》の扉《とびら》を見つめている。

懐中時計《かいちゅう》で時刻を確認《かくにん》すると、午後八時半。そろそろ退出し、行方を追っているロルフの報告を受けねば、とレオラートは席を立った。

ザシャをリルの家に使いに出したが、ほかの使用人たちが建国祭に集まった群衆のなかにロルフがいないか捜《さが》しているはずだ。

顔を知っているのは執事《しつじ》のシドウだけ。そのシドウは万が一、ロルフが訪ねてくることを考えて、屋敷《やしき》に留《とど》まることにした。

レオラートはフレデポルトに挨拶《あいさつ》をし、グラウス城をあとにする。

馬車に揺《ゆ》られ、水路に架《か》けられた跳《は》ね橋を渡《わた》りきるころ、城の北側の丘《おか》から花火が打ち上がる。

打ち上げ場所から距離《きょり》が近いため、ほぼ真下から花火を見るような形となったレオラート。ドォオオンと腹に響《ひび》く音とともに夜空に咲《さ》いた大輪の花は赤や黄色の火花を散らしたあと、儚《はかな》く消えていく。

――……彼女は花火を見たことがあっただろうか？

レオラートはぼんやりとそんなことを思った。馬車の窓に一瞬《いっしゅん》の光が射し、消え、また光り、刹那《せつな》……己《おのれ》の影《かげ》が床《ゆか》にできる。その様子を灰色の眼《まなこ》に映しながら、この花火をリルとともに見られたならと――レオラートは膝《ひざ》に置いた手をゆっくりと握りしめた。

「……」

――会いたい。

口からこぼれた声は爆発音《ばくはつ》によってかき消される。

東の空には月が顔をだし、夜鳥が羽ばたく影が映った。レオラートは目を伏《ふ》せる。

この世のすべてを掻《か》きあつめてでも、リルに会いたいと思った。

レオラートが乗った馬車がグラウオール邸《てい》に着くころには、時刻は午後十時を回っていた。

初老の御者《ぎょしゃ》が扉を開け、レオラートが馬車から降りる。馬車の音に気がついたのか、シドウが出迎《でむか》えに玄関扉《げんかんとびら》から出てきた。レオラートが目を向けると神妙《しんみょう》な面持《おもも》ちをして首を横に振る。

つまりはロルフも見つからず、リルもあばら家にはいなかったことを意味する。

「……そうか」

レオラートは言葉すくなに屋敷に入り、タイを緩《ゆる》めた。シルクで仕立てられたジャケットを脱《ぬ》ぎ、あとにつづいたシドウにそれを渡す。

「旦那様《だんな》――」

自室に戻《もど》ると、ノック音がしてメイドのクロコが顔をみせた。「クロコ、明日になさい」

とシドウがたしなめると、レオラートは「かまわない、どうした」と訊《たず》ねる。

「あの、リル様に仕立てたドレスと旦那様がご依頼《いらい》されていた宝石のご用意が整いました」

四十そこそこのクロコが遠慮《えんりょ》がちに報告する。以前、リルが屋敷に泊《と》まったとき、リルに似合うドレスを何着か用意するようレオラートはクロコに命じていた。

レオラートが自領に帰るそのまえに——リルに贈《おく》るつもりだった。

「そうか、世話をかけた」

「いえ……夜分遅《おそ》くに申し訳ございませんでした」

一礼したクロコは静かに部屋を退出する。

その後、留守にしていた間の報告をシドウから受けるとシドウも部屋から下がり、レオラートはひとり、シャワーを浴びる。身体《からだ》を拭《ふ》いてシャツを羽織り、ベッドに入ろうかと思ったが、部屋に置いてあるガラス製のキャンディポットに目がいった。かつてリルにこのキャンディを小袋《こぶくろ》に入れ手土産《てみやげ》にしたところ、満面の笑《え》みを浮《う》かべてよろこんでいた。

——……。

じぃっとキャンディポットを見つめたレオラート。一呼吸置いて、踵《きびす》を返す。やはり眠《ねむ》るまえにもう一度、あの部屋を見ておこうと蠟燭《ろうそく》の灯《あか》りを手燭《てしょく》に移し、足早に部屋を出た。

開かずの間までの廊下を長く感じながら——《王の魔女ベアトリクス》の部屋を目指す。

「それにしても、花火ってどうやって作るんだろ……？」

リルが窓辺に立ちながら、ぽつりとつぶやく。

「火が爆発してるのよね？　でも、ふつうの炎《ほのお》より明るいような??」

つぎからつぎへと打ち上がる花火を目に映し、リルは小首をかしげている。「あ、閃光《せんこう》弾《だん》か！」と納得《なっとく》したように手のひらをぽん、と打つと、「ミス・マクシーネが詳《くわ》しそうね。今度、訊《き》いてみよう」とうなずいた。「建国祭の二日目の夜に花火が打ち上がるって招待状に書いてあった気がしたんだけど……今夜は一日目なのに、予定が変わっちゃったのかな？」と不思議そうに眺《なが》めたあと、リルは壁《かべ》に設置された対鏡《ついかがみ》をふり返る。黒い鏡面をしていて、リルが近づいてもなにも反応しない。

「これって対鏡よね……あ、いま、向こうにだれもいないのか……」

グラウス城でのみこまれたときはどうなることかと思ったが、いまから考えると城にいた自分と、この部屋に残っていたベアトリクスの思念が呼応して対鏡が反応した……といったところだろうか。

「でも、こんなに大きいと人が通れるんだ……すごい」

便利よね、移動に重宝しそう、とリルは真剣《しんけん》な様子で顎《あご》に手をあてると、

──もしかして、グラウス城と行き来したかった……のかな？

ベアトリクスが最後に消えていった窓辺をふり返りながら、リルは思う。晩年をグラウオール邸で暮らしたと聞くが、バルトルト王との間にできた子どもの様子が知りたかったのかもしれない。

「……」

リルはふたたび窓辺に歩みより、仄《ほの》かな月明かりを浴びる。今度、レオラートに頼《たの》んで敷地内《しきち》にあるというベアトリクスの墓を参らせてもらおうと思った。

「……それにしても、疲《つか》れた……」

ほっと安堵《あんど》したら、どっと疲れを覚えた。リルはあくびをして、幼子のように目をこする。

「家に帰らないといけないけど、乗り合いの荷車は明日の朝まで出ないだろうし……」

室内に目を配ると、ワインレッドのカバーが掛けられたベッドがあった。

ここがグラウオール邸ならば、執事のシドウかメイドのクロコに声をかけねば──との思いがリルの脳内をよぎったが、猛烈《もうれつ》な眠気《ねむけ》がリルを襲《おそ》う。まるで徹夜《てつや》をした翌晩のような朦朧《もうろう》とした感覚……。

額に弱く手をあて、ふらふらとした足どりのリルは──かつて、ベアトリクスが使って

いたであろうベッドにぼすりと倒《たお》れこんだ。

「……」

銀製の手燭を持ったレオラートは開かずの扉の前で、ぴたりと足を止める。

公爵の代替《だいが》わりのときにだけ、開けられたというベアトリクスの部屋。昨晩、訪《おとず》れたと
きは埃《ほこり》っぽく、直近に人が出入りした様子は見当たらなかった。

――そういえば……姉上は近づこうともしなかったな。

レオラートの姉エレノアは物心がついた頃《ころ》から、この屋敷の女当主として暮らした。当
時、エクター公爵だった父は女性に奔放《ほんぽう》で、屋敷を不在にすることが多かったためだ。

かたやエレノアも身体が弱いという理由から、東の居館の一階に自室を持ち、二階に上
がることはめったになかった。

十四歳のときにこの屋敷にやってきたレオラート。父と父の正妻であったカリーナ夫人
はすでに他界していた。ささやかな好奇《こうき》心《しん》も手伝って――姉のエレノアに《王の魔女《まじょ》ベア
トリクス》が暮らしたというこの部屋について訊ねたことがある。

『わたくしは訪れたことがないわ。あそこは嫌《いや》なの……なにか扉を見るだけで身がすくむ
ような心地《ここち》がして』

淑《しと》やかな姉にめずらしく、はっきりと嫌悪感《けんおかん》を示していたように記憶《きおく》する。姉は白薔薇《しろばら》を好み、ヒバの森に隣接《りんせつ》するグラスハウスにさまざまな薔薇を栽培《さいばい》させていた。

けれど、白薔薇が咲《さ》くことは一度もなかった。

——……もしかして、姉上はなにかしら感じとっていたのだろうか。

姉との日々を思い返しながら、レオラートは古びた扉を押し開ける。蝶番《ちょうつがい》が錆《さ》びてしまっていてギィイキィィと耳障《みみざわ》りな音が耳についた。

銀製の手燭を目の高さに掲《かか》げ、レオラートは慎重《しんちょう》に室内を照らす。一瞬《いっしゅん》、手燭に灯《とも》された炎が大きく揺《ゆ》らいだ。

「——？」

生成《きな》りのカーテンが風にはためいている。

それもそのはず、中庭に面した窓がすべて開けられていた。全開放された窓からはヒバの森の影《かげ》が見え、月明かりが淡《あわ》く庭園を照らしている。昼間、シドウがこの部屋に入ったのだろうか——？

夏の夜の生ぬるい風が吹《ふ》きこんで、また、カーテンがひるがえった。そのおかげで、昨晩訪れたときよりも、埃っぽさがいくぶん薄《うす》まり、夜風がレオラートの湿《しめ》った黒髪《くろかみ》をやさしく揺らしていく。

蠟燭の炎が消えてしまわないよう手で覆《おお》いながら、ふと壁に目をやれば、例の黒い鏡面が夜の海のように静かに佇《たたず》んでいた。手燭を持ったレオラートが近づいてもなにも映さず、ただの壁材と言われれば、なんの疑いもなく納得してしまいそうだ。

「……」

レオラートはおもむろに手を伸《の》ばし、鏡面に手のひらをあてた。ひんやりとしていて、冷たい。硬《かた》く、鏡のようなつるつるとした質感。

「……リル」

低く、つぶやくように呼びかけた。昨夜と同様、レオラートの声は吹きこむ風に溶《と》けて、侘《わび》しく消えてしまう。

自然と諦《あきら》めに似た吐息《といき》が漏《も》れ、レオラートは窓を閉めようと踵を返す。やはりこの部屋は開かずの間のままでいいのかもしれない、とそんなことを思った。

レオラートは手際《てぎわ》よく窓を閉めていく。風で勝手に開いてしまわないようフック状の鍵《かぎ》を引っ掛《か》け、生成りのカーテンを手にとると――

「……」

背後でなにか動いた気がした。

ハッと目を見開いて、レオラートは動きを止める。たしか、家具も当時のまま置かれていて、ベアトリクスが使用していたという大きなベッドがあった。

くすんだ金色の天蓋《てんがい》に木彫《きぼ》りの意匠《いしょう》を凝《こ》らしたベッドフレーム。さらには、ベアトリクスが好んだワインレッドのカバーが五十年以上も経《た》ったいまも設《しつら》えられていた。

――この部屋で《王の魔女》は亡《な》くなったと聞く……最期《さいご》は食べ物さえ受けつけず、痩《や》せ細っていたとか……。

レオラートは窓枠《まどわく》に視線を落とした。

ベアトリクスの亡骸《なきがら》はこの部屋で棺《ひつぎ》に納められ、庭の一角にある墓所に埋葬《まいそう》された。ベアトリクスの弟で、レオラートの祖父にあたるウェイン・グラウオールの意向だったようだ。

――そういえば、リルはなぜあんなことを訊《たず》ねたのだろう？

いつか、リルが朝食の席で赤髪《あかがみ》の女がグラウオール家に縁《えん》がないか、レオラートに訊ねたことがあった。

前日には白薔薇が咲かないことを不思議に思い、庭園内にあるグラスハウスまで足を運んでいたリル。その日のうちに具合が悪くなり、屋敷《やしき》に泊《と》まることになったのだが……。

――まさか、グラスハウスで《王の魔女》の亡霊《ぼうれい》でも見たのか？

《王の魔女ベアトリクス》は柘榴石《ざくろいし》のように赤い髪をしていたと伝わる。その髪色は直系である現国王フレデポルトにまで受け継《つ》がれており、初代国王バルトルト王以外は、王族イコール赤髪である。

あの時点で、レオラートはリルに《王の魔女》がグラウオール家の出身であることを打ち明けていなかった。リルもまた、五十年以上も前に没《ぼっ》した《王の魔女》のことを気にしていない風だったからだ。

――そこに甘えてしまった私も愚《おろ》かだが……。

カーテンに手をかけたまま、レオラートは黙考《もっこう》する。あのとき、リルにきちんと説明していれば、このようなことにはならなかったのだろうか？

まさか、《王の魔女》の遺品である対鏡《ついかがみ》にリルが吸いこまれてしまうなんて……、と苦く思いながら、レオラートはカーテンを締《し》め切った。

「……ぅ……」

今度こそ、確実に背後で声がした。

――誰《だれ》かいる、とレオラートは察知したものの、窓が開いていたという時点で、良くて使用人、悪ければ盗人《ぬすっと》である可能性が高い。

建国祭の騒《さわ》ぎに乗じて、窓から侵入《しんにゅう》した咎人《とがびと》か――と、レオラートが鋭《するど》い目つきをして身構えたところで、

「ぁ……あっ……ぃ」

ごろん、と寝返《ねがえ》りをうって、バサッとベッドカバーを乱暴に払《はら》いのける音がする。

反射的にレオラートはふり返った。細く揺らぎたった蠟燭《ろうそく》の炎《ほのお》をベッドの方向に掲げる。

「――！」

予想外の出来事に息を詰《つ》めたレオラート。灰色の眼《まなこ》を見張り、足を一歩うしろに下げた。

「あっつ……」

うわ言のように繰《く》り返し、ベッドの上で春先のいもむしのような動きをしている塊《かたまり》。輝《かがや》くような金髪《きんぱつ》がなければそれが人かどうかも怪《あや》しい。

「リ――」

リル……？　とレオラートが半信半疑な様子で呼びかけると、その物体は返事をするように腕《うで》を伸ばし、細い身体《からだ》を大の字にさせた。白い頰《ほお》が見え、繊細《せんさい》なハニーブラウンの睫《まつ》毛《げ》が震《ふる》える。

リルだ。瞼《まぶた》を重く閉じたまま、苦悶《くもん》の表情をしてうなされている。

「リルっ」

とっさにレオラートはベッドに駆《か》けより、リルの身体を揺さぶった。「いったい……いつからここに⁉」と問いかけると、リルはふっと気だるそうに瞼を持ちあげ、「――……」レオラートが聞きとれないほどのちいさな声で返事をする。

「なんだっ」

「……ぁつ……ぃ、まど、しめないで……」

「窓だと？」

「……」

こくん、と無言のままにうなずいたリルは、また深く寝入ってしまう。

―――――

小鳥のさえずりが聞こえる。チュンチュンとにぎやかな様子で朝の訪《おとず》れを告げていた。早朝の涼《すず》しげな風がひんやりと抜《ぬ》け、生成りのカーテンがふわりと舞《ま》う。前髪がやさしく揺すられ、リルはうっすら瞼を開けた。

――……あさ、だ……。

まどろむ脳裏《のうり》でつぶやいて、ごろりと寝返りを打った。まだ寝ていたいという願望から、手繰《たぐ》りよせたピローにしがみつく。

そうだ、乗り合いの荷車……、と夢うつつに思いながら、リルはむくっと身体を起こした。朝に乗らないとつぎは昼まで出ない……出発しないと……、と目をこする。猫《ねこ》のような大きなあくびをして、しぱしぱと瞬《まばた》きを繰り返す。朝まで寝ちゃった……、とボサボサの頭のまま、窓辺に視線を向けると、

「――え」

「起きたか」

いつぞやの晩と同じく、椅子《いす》に座ったレオラートと視線がかち合う。

「……レ……レオラート様？　ど、どうしてここに？」とリルはあわてふためくが、「ここは私の屋敷だ」と至極《しごく》当然な答えが返ってくる。

「あ、あの、ちょっとだけ、休ませてもらうつもりで――」

乗り合いの荷車は朝まで出ないし、歩いて帰る元気もなくって……、とベッドの上で正座したリルが身ぶり手ぶりをして話し始めるが、「説明がおかしい」とぴしゃりと止められた。

「説明がおかしい。いったいいつからここに？　一昨日《おととい》の晩と昨日はどこにいた？　どうしてここで寝ている？」と息つく間もなくレオラートが問いただす。

「レ、レオラート様……？　えっと、あの……」

のどかな小鳥のさえずりが響《ひび》く室内。窓の鉄柵《てつさく》に丸っこいスズメが並んで止まっている。ラフな白いシャツ姿で腕を組み、椅子に腰掛《こしか》けたまま、リルを見据《みす》えるレオラート。

「も、もしかして、ゆうべからずっとこちらに……？」

リルがおそるおそる訊ねると、レオラートは「私の話はあとだ」とこれまたぴしゃりとリルを遮《さえぎ》った。リルはひゅっと息を飲みこみ、身を縮こませる。ずいぶん怒《おこ》らせてしまったようだ。

「あの……ですね」

目を泳がせながら、リルは手をもじもじとさせた。

「ゆうべ、その、お城で大きな対鏡を見つけて——あ、対鏡というのは魔《ま》法具《ほうぐ》のひとつで……」

リルはたどたどしく、これまでの経緯《けいい》を話しはじめる。

グラウス城にあるバルトルトの居室で対鏡を見つけたこと、それにうっかりのみこまれてしまい、対鏡の記憶《きおく》を垣間《かいま》見《み》たこと、そして対鏡を通じてここにたどり着いたということ——

しかし、リルが話せば話すほど、レオラートの形の良い眉《まゆ》がよっていく。

「——それで、この部屋でいろいろありまして……その、疲《つか》れてしまったので、このふかふかのベッドのお世話に……」

まるで叱《しか》られたあとの子犬のように背中を丸め、うつむいたリル。声まで、か細くなっていく。

一方のレオラートは口に手をあて、いつになく険しい表情を浮《う》かべていた。「……馬鹿《ばか》な」とつぶやく。「いやでもたしかに……一昨日の夜はいなかった。これは間違《まちが》いない……ならば昨夜この部屋にたどり着いたということか……しかし丸一日、対鏡とやらのなかをさまよったとでも……？」と独り言のようにこぼし、しゅん、としてしまったリルを見やった。

顔色は悪くないし、大きな怪我《けが》をした様子もない。青い瞳《ひとみ》も金色の髪《かみ》も、いつもどおりのリルだ。

「……とにかく良かった」

一息に言ったレオラートは前髪をクシャリと掻《か》きあげる。リルの話はわかるようなわからないようなものだったが、目の前にリルがいる。それだけはわかる。

「本当に……良かった」

心の底から安堵《あんど》の息を漏《も》らす。リルは目をぱちくりさせ、疲労《ひろう》の色が滲《にじ》むレオラートの顔を眺《なが》めた。整った顔立ちは変わらなかったが、目の下にクマができていて黒髪もセットされていない。

「レオラート様……」

状況《じょうきょう》がよく掴《つか》めないものの、レオラートに対して、非常に申し訳なく感じたリル。どうしよう、と困ったように目をぎゅっと瞑《つぶ》ると、
ぐぅうううぅううう。

小鳥のさえずりに負けない、リルの大きな腹音が鳴る。

卓上《たくじょう》に並べられた料理に目を輝かせるリルと、リルの姿を不思議そうに眺める執事《しつじ》のシドウ。朝陽《あさひ》を浴びながら、レオラートがロルフの行方《ゆくえ》をまとめた報告書に目を通している。

「私はコーヒーだけでいい」

テーブルに湯気の立つオムレツが置かれ、レオラートは手を上げて給仕係《きゅうじ》を制した。ろくに寝ておらず、胃に固形物を入れる気力が湧《わ》かない。

「いただきます！」

かたや、席に着いたリルはスプーンをせっせと口に運び、あっという間にたいらげる。

「オムレツ、とってもおいしかったです」とグラスに水をそそぐ給仕係に声をかけ、スコーンやクロワッサンがのったバスケットに手を伸《の》ばしている。

書類に目を落としながらも、ちらりとリルを見やったレオラート。かすかな笑《え》みを浮かべる。

――それにしても……。

ロルフは建国祭に来なかったのだろうか。

レオラートが二日間にわたった建国祭に出ていた間、使用人たちが王都中の宿屋をあたっていた。が、ロルフは未《いま》だ見つかっていない。

銅細工職人をしていたロルフの弟も数年前にギルドを抜けていて――当時の工房《こうぼう》を訪ねたところ、結婚《けっこん》を機に妻の実家がある西に移住したとか。

――建国祭に姿を見せると思っていたのだが……。

レオラートが難しそうな表情を浮かべながら、コーヒーカップに手を伸ばす。胃に染みわたるような苦みを感じ、ふと、スコーンをほおばるリルと目が合った。あいかわらず、美味《おい》しそうに食べる。

「どうかされましたか？」

リルもグラスに手を伸ばし、水を口にふくんだ。「ロルフが見つからない」とレオラートが率直《そっちょく》に告げると、「ああ」とリルはうなずく。

「たぶん、今日、見つかると思います」

「なに？」

リルの口調は確信めいていて、レオラートは眉をひそめた。「どういう意味だ？」と問い返せば、「コーヒーばかりじゃ、お腹《なか》に良くないです」とリルがスコーンにブルーベリージャムをたっぷりとのせて、レオラートのまえの皿に置いた。粒《つぶ》の残った赤紫色《あかむらさきいろ》のジャムが滴《したた》り落ち、レオラートがそれを横目に見ていると、

「彼はロルフさんとお姉さまに恩義を感じているようでした。幼いころに助けてもらったと」

「……なんの話だ？」

「お願いをしたのは昨夜です。彼は夜行性だそうですから、陽が高いうちは難しいかもしれませんが」

ろくに寝《ね》ていないからだろうか。レオラートにはリルの話がまったく理解できない。険しい表情を崩《くず》さずにいると、「つまり、彼がロルフさんをこの屋敷《やしき》に連れてきてくれると

いう話です」とリルは言葉をつづけた。

「彼の名はクトロン。ヒバの森で育ったフクロウですよ」

「……」

「わたしも使い魔《ま》は持ったことがないので、使役《しえき》というよりかはお願いする立場なんですけど」

リルは切れ目の入ったバターロールを手にとり、鶏《とり》ハムを丁寧《ていねい》にはさみこんでいく。

陽が傾《かたむ》くころ、リルの予言通り、グラウオール邸《てい》にクトロンと名乗る青年がやってきた。つり上がった目は切れ長で大きく、薄茶色《うすちゃいろ》の髪をしている。たまたま居合わせたザシャが対応したがクトロンは名以外喋《しゃべ》ることなく、うなずくばかりだ。

リルが玄関《げんかん》ホールに姿を見せると、ありえないほど首を長く伸ばし——同時にザシャは腰を抜《ぬ》かした——両手を翼《つばさ》に変えて飛びたった。まぎれもなく、フクロウである。

「ひっぃぃぃっ！」

リルとともに、アーチ状の階段を二階から下りてきたレオラート。ザシャの悲鳴を聞きながら、普段《ふだん》、めったなことでは動じないシドウまでもが丸眼鏡に手を添《そ》えて、つぶらな目を見開いている。一羽のフクロウは吹《ふ》き抜けの玄関ホールを旋回《せんかい》したあと、リルの肩《かた》に止まった。「ホー」と喉《のど》をならすように鳴く。

「あの……」

そのフクロウの目線の先に姿をみせた男。玄関扉《とびら》をぎこちなく開けひろげながら、「シドウ様……ご無沙汰《ぶさた》しております」と丁寧に頭を下げた。

「――ロ、ロルフ！」

シドウが驚《おどろ》きの声をあげ、階段の踊《おど》り場に立ったレオラートをふり返った。レオラートは唾《つば》をごくりと飲みこみ、そして深くうなずいた。

ロルフは柔和《にゅうわ》で落ち着いた雰囲気《ふんいき》をまとった男だった。目は垂れていて細く、唇《くちびる》は薄《うす》い。浅く焼けた肌《はだ》、庭師らしく均整のとれた身体《からだ》つき。いつかリルが見せてくれたネックレスの記憶――あのときの光景よりさすがに歳《とし》はとっているものの、まぎれもない。姉と約束を交《か》わした彼だ。

「よく来てくれた。私は現当主のレオラート・エルヴァイン・グラウオール。エレノアの異母弟《いぼてい》にあたる」

「こ、これはご丁寧に……ロルフと申します」

ロルフは恐縮《きょうしゅく》した様子で頭を下げた。さっそく「こちらへ」とレオラートはロルフを屋敷のなかへうながす。

レオラートがロルフを案内して向かう先は東の角部屋――かつてエレノアが過ごした部

屋だ。主人を亡《な》くして三年経《た》ったいまも、当時と変わらない姿で残してある。いつか姉に託《たく》された手紙を渡《わた》す相手が見つかったなら……とレオラートは心に決めていた。

一方、磨《みが》かれた廊下《ろうか》を歩きながら、ロルフは徐々《じょじょ》に身を硬《かた》くしていく。十年前まで庭師として勤めていたとはいえ、屋敷のなかに入ったことがあるのは数えるほどだ。

当時、公爵だったエレノアの父の姿など見たこともなく、屋敷の女当主だったエレノアとはいつも窓越しに会話していた。最初は言葉を交わすことすら失礼かと遠慮《えんりょ》をしていたが、芝生《しばふ》を刈《か》るロルフにエレノア自ら声をかけ、ふたりの関係は始まった。

静かに鳴り響《ひび》く靴音《くつおと》を聞きながら、ロルフは胸にある予感を覚えはじめる。

どうして、身分違《ちが》いの己《おのれ》がエレノアの弟だという現当主に案内されて、ここを歩いているのか……。

昨晩、王都《ご》をあとにしたロルフのまえに、一羽《わ》のフクロウが現れ、抗《あらが》いがたい力に導かれた。足が勝手に動き、半日以上をかけ、グラウオール邸の玄関前にやって来たのだ。

——とはいえ、十年もの間、一度も訪《おとず》れたことがなかったグラウオール邸に足を踏《ふ》み入れるなんて……。

ロルフのなかに、身が沸《わ》きたつような興奮と恐《おそ》れが入り混じる。

「ここだ」

そうこうしている間に、レオラートが廊下のつきあたりで足を止め、ノックもせずに扉を開けひろげた。その行為《こうい》が、ロルフのうちに渦巻《うずま》いていたすべての感情に答えを与《あた》える。

「なかへ……姉もきっとそれを望んでいる」

一瞬《いっしゅん》のうちに、夕暮れどきの風が吹き抜けた。

ロルフのブラウンの髪《かみ》が揺《ゆ》れ、レースのカーテンが舞《ま》いあがる。

言葉が出なかった。

かつてと変わらない庭の風景。

遠くに見えるヒバの森は緑を深め、芝生は青々と茂《しげ》っている。かすかに見える空は茜色《あかねいろ》に染まり、森へ帰る鳥たちの黒い影《かげ》が横切った。

見慣れた窓辺にはエレノアが腰掛《こしか》けていた椅子《いす》があり、丸テーブルには一輪挿《いちりんざ》しが置かれ、白薔薇《しろばら》が活《い》けられている。

ロルフが勤めている間には、一度も咲《さ》かなかった白薔薇――

レオラートが先に部屋に入り、ロルフもまた息をのんで、あとにつづく。

誰《だれ》もいない――ベッド。

エレノアが好んだペールブルーであしらわれたベッドカバー。白のレースのカーテンがひるがえり、白薔薇の花びらが風に揺すられる。

「――三年前に亡くなった。敗血症《はいけつしょう》を患《わずら》って、最期《さいご》は急だった」

「……」

「私が駆《か》けつけたときには、すでに意識が混濁《こんだく》していて……姉は最後の気力を振《ふ》り絞《しぼ》って……私に手紙を託した」

ネックレスの贈《おく》り主に届けて欲しいと――、とレオラートが静かに語りかけ、ロルフはハッとした様子で顔をあげた。

「この真鍮《しんちゅう》でできたフクロウのネックレス。君が姉に贈ったものだろう?」

レオラートがジャケットの内ポケットからネックレスをとりだすと、ロルフに手渡《てわた》す。赤みの帯びた真鍮のネックレス。ヒバの森で助けたフクロウの成長を願って、ロルフが作ったものだった。銅細工職人の弟に手伝ってもらったとはいえ、素人《しろうと》の手製のものだ。

それなのに、エレノアは――

ロルフの目から大粒《おおつぶ》の涙《なみだ》がひとつ落ちた。首を横に振って、顔をしわくちゃにさせ、「……そんな」と声を絞りだした。

「エレノア……さま……」

いまになって、己がどれだけエレノアとの再会を焦《こ》がれていたか、ロルフは思い知る。身分違いの恋《こい》、手の届かぬ相手、身の程《ほど》をわきまえなければという言い訳、どれもが情けなく砕《くだ》け散る。

パレードで一目、姿を見るだけでよかっただなんて、うそだ――

膝《ひざ》から崩れ落ちたロルフに、レオラートはいたたまれない心地《ここち》になる。もっと早くにロルフを見つけられていたら……と手に拳《こぶし》を握《にぎ》ったが、その後悔《こうかい》はもう幾度《いくど》となく繰《く》り返されている。

「姉の最期の手紙を受け取ってほしい」

ロルフの前にエレノアから預かった手紙をさしだす。赤い封蠟《ふうろう》がなされ、エレノアの流《りゅう》麗《れい》なサインが書かれていた。

ロルフは頭《かぶり》を振る。

「いただけません……俺にはいただく資格がございません……っ」

嗚咽《おえつ》をもらしたロルフは床《ゆか》にうずくまって、むせび泣いた。後悔という言葉で言い表せないほどの心を食い荒《あ》らす激情。

エレノアに会いにくる機会は何度だってあった。

父母が亡くなったとき、弟も見送ってひとりきりとなったとき、庭師をふたたび志したとき、それから、それから——

そのたびに言い訳をして、自身を慰《なぐさ》めるようエレノアの幸せを願った。

手紙ひとつ、満足に書けなかった。

絨毯《じゅうたん》が敷《し》かれた床に、ロルフの身を切るような後悔の涙が落ちる。夏の終わりごろの侘《わび》しい風が部屋に吹きこんだ。

レオラートは息を落とした。

旅立った姉とその姉を慕《した》った男――こうなることは予想できていたが、ずいぶん辛《つら》い現実を突《つ》きつけてしまった。

ふと、レオラートが目をあげると、廊下に立ったリルと目が合った。金色の長い髪が風に揺れて、彼女もまた淋《さび》しそうな青の瞳《ひとみ》をこちらに向けていた。

リルは足を進める。部屋にいるレオラートに歩みより、細い手をさしだした。

「お姉さまの手紙をお借りできますか？」

手袋《てぶくろ》がはめられていないリルの手。息をのむような心地がして、レオラートはリルの顔を見つめた。やさしい笑《え》みを返される。

手紙を受け取ったリルは赤い封蠟をじっと見つめると――ささやくように呼びかける。

つぎに風が吹きこむ窓辺に足を向け、ちいさな丸テーブルにそっと手紙を置く。「――」

唇だけ動かして、だれもいない椅子を見つめると――

「！」

レオラートは目を見張る。窓辺に女性の姿が現れた。

見慣れたその姿に、思わず、呼びかけようと口を開きかけて……リルが人差し指を口元にあてジェスチャーを送り、レオラートを制する。

部屋に流れる空気は春めいた暖かいものとなり、ペールブルーのドレスと亜麻色《あまいろ》の髪が風にひるがえった。

ずずっとロルフの洟《はな》をすする音が響《ひび》いて——窓辺の女性はふり返る。

レオラートとリルは道を開け、部屋の隅《すみ》に下がった。亜麻色の髪の女性はうずくまるロルフの前で膝を折る。

やわらかな気配を感じ、ロルフはおそるおそる顔をあげた。

「……エ、エレノア……さま……?」と声にすると、女性はたおやかに微笑《ほほえ》んだ。床についたロルフの手に自身の手を添《そ》え、重ね合わせる。——ずっとこうしたかったと。そんな声が聞こえた気がした。

震《ふる》えるロルフは涙をこらえきれず、亜麻色の髪をした女性に手を伸《の》ばす。女性は嬉《うれ》しそうにロルフの手を握ってやさしく頬《ほお》ずりをした。

淡《あわ》い春の木漏《こも》れ陽《び》のような、あたたかな気配。エメラルドグリーンの瞳にロルフを映し、女性はまた微笑む。

風が吹《ふ》く。

春の日に見る幻《まぼろし》のように、女性の姿は、薄《うす》く、儚《はかな》く、透《す》けていく。

「エレノア様——っ」

ロルフの声に、女性は申し訳なさそうに目を伏《ふ》せたのち、手にした手紙をロルフにさしだした。やわらかな眼差《まなざ》しでロルフを見つめながら、そのまま空気に溶《と》けるよう消えさる。

ひらりと、一枚の花びらのように、ロルフの目のまえに舞いおりた——手紙。


あれから二週間が経《た》った。

リルは秋咲《あきざ》きの白薔薇《しろばら》を腕《うで》に抱《かか》え、小高い丘《おか》をのぼっている。

「ここも庭のつづきなんですか？」と先を歩くレオラートに訊《たず》ねると、「ああ。そこの奥に見える森までがグラウオール家の敷地《しきち》だ」と返事があった。息を弾《はず》ませたリルが目をあげると、広大な雑木林が丘の向こうに広がっており、先が見えない。

「ずいぶん……広いんですね」

「だから、敷地内に墓地まである」

赤い薔薇の花輪を手にしたレオラートが冗談《じょうだん》めいた口調で話せば、「べ、便利ですね？」とリルが独特の返しをし、レオラートがくっと喉《のど》の奥で笑う。

涼《すず》しげな表情を崩《くず》さないレオラートだが、内面は意外と皮肉屋で、こういうときに見せる顔は穏《おだ》やかだ。リルが初秋の風に負けないよう、足をしっかり踏《ふ》みしめているとレオラートが手をさしだした。

「ほら、もうそこが姉上の墓だ」

レオラートにぐいっとひっぱりあげられ、リルは丘の上に立つ。先ほど話に上っていた広大な雑木林が眼下に広がり、遠目にはコレドナード門を望む。うしろをふり返ると、これまで歩いてきたグラウオール邸《てい》の敷地——ヒバの森やグラスハウス、屋敷《やしき》の姿が遥《はる》か後方に見えた。

「気持ちのいい場所ですね」

丘を吹き抜《ぬ》ける風は秋の匂《にお》いが漂《ただよ》い、清々《すがすが》しい。

「ピクニックをするには微妙《びみょう》だが」

なにせ《王の魔女《まじょ》》の墓がある、とレオラートが皮肉交じりにつづけて、リルはあたりを見渡《みわた》した。新しい墓標と少し離《はな》れた場所に石造りの塀《へい》で囲まれた古めかしい墓標がひとつ。

「グラウオール家の人間はエクター領地内の寺院に埋葬《まいそう》するのが慣例だが、《王の魔女》と姉はここに埋葬してある」

「《王の魔女》はともかく……お姉さまはどうして？」

「姉の遺言《ゆいごん》だ。行ったこともない地方領で眠《ねむ》りたくはないと」

生まれてからずっとここで暮らしたひとだったから、とレオラートは淋しげに微笑んで、リルの手にある白薔薇を一輪抜き、エレノアの墓標のまえに置いた。あれ以来、毎朝訪《おとず》れるロルフが供えたであろうカスミソウが風に揺《ゆ》すられている。

「死ねば、神のまえに召《め》されるというのが正教の教えだが……実際のとこはどうなんだろうな」

現実主義のレオラートにはめずらしく、迷うような口調だった。「君が見せてくれた姉は……幽霊《ゆうれい》というわけではないんだろう？」

「言葉で説明するのはむずかしいですね」

リルもエレノアの墓標に抱えていた白薔薇を供えた。祈《いの》りを捧《ささ》げる。

夏咲きのものとは違《ちが》い、秋咲きの白薔薇はおおぶりで華《はな》やかだ。重なる花弁に目を落としながら、

「記憶《きおく》と想《おも》いに形を持たせた……というのが近い気がします。わたしの魔力《まりょく》だけではどうしようもなくって、場所や物に強く残った思念……感情が原動力とでも言えばいいですかね……」

話しながらもリルの眉《まゆ》が小難しくよっていく。レオラートは、ふ、と表情をゆるめた。

「それで、この赤薔薇の花輪は《王の魔女》へ手向《たむ》ければいいのか？」

レオラートの視線の先にある石造りの塀。腰《こし》ほどの高さだが堅牢《けんろう》に造られていて、なかの墓標は簡素ながらも重厚《じゅうこう》だ。【ベアトリクス・グラウオール】と刻まれた墓標はグラウオール家に勤める使用人が週に一度、磨《みが》いている。

「陛下が建国百周年を機にこの墓を王立墓地に移そうとされているんだが……君はどう思

う？」

「良いんじゃないですか？」

「……良いのか」

意外そうな顔をしながら、レオラートは花輪を墓標に立てかけた。

「《王の魔女》はもうここにはいませんから……祈りたい方の思うようになさって良いんじゃないでしょうか」

「なるほど」

リルが手を組んで祈り、レオラートもまた胸に手をあて、祈りを捧げる。

「ちなみに《雨の魔女》の墓はどうしたんだ？」レオラートがリルをふり返ると、

「ミス・アレクシアのお墓はありませんよ」とあっけらかんとした声が返ってきた。

「墓がない？」

「ええ」

遺灰は撒《ま》いて空に帰してほしいとミス・アレクシアに頼《たの》まれてましたから、とリルが澄《す》んだ秋空をあおいだ。西に向かって鱗雲《うろこぐも》が棚引《たなび》いており、鼻から吸い込む空気が驚《おどろ》くほど心地《ここち》よい。

さきほどのレオラートではないが今日はピクニック日和《びより》だ。

「やっぱり、ピクニックがしたいですね」

「どうした？　腹がへったのか」

墓参りを済ませ、小高い丘を下りながらつぶやいたリルのひとことに、レオラートが反応する。

「ピクニックの定番といえばサンドイッチ？」とリルがうかがうと、

「いや、やはりスコーンとブルーベリージャムだろう」レオラートが足元に目を配りながら口にする。

「ビスケットとマドレーヌもほしくなりますね」

「となると、紅茶もセットだ」

「レモネードは？」

「君が欲しいのなら」

レオラートがかすかに笑《え》みを浮《う》かべると、風で黒のドレスがもたついて、リルが丘の斜《しゃ》面《めん》で足を止めた。「ごめんなさい、先に下りてください」とドレスの裾《すそ》を持ち上げようとしたリルの眼前にレオラートの手がさしのべられる。

「リルレティ」

初めて会ったときも、こうしてレオラートは手をさしのべてくれた。

養護院の裏手の土手でうずくまるリルに、誰《だれ》も呼ばなくなっていた名を呼んでくれた。

そして、ここにいていいのだと、君はそのままでいいのだと、やさしく教えてくれたのだ。

丘に立つふたりの間に秋の爽《さわ》やかな風が吹き抜ける。

色づく葉が舞い、斜面に植わるパンパスグラスがさざなみのような音を立てて揺れた。

「──ありがとうございます」

心からの礼をレオラートに伝えられたのだろうかとリルは思う。

さしだされた手にそっと自身の手を重ねると、レオラートはしっかりと握《にぎ》ってくれた。

「このあと、例のオリーブの苗木《なえぎ》を鉢《はち》から庭に植え替《か》えよう」

「わたしが折っちゃったやつですね……元気にしてます?」

「ああ、ザシャが丁寧《ていねい》に世話をしてくれている。じつはもう一本、オリーブの苗木を買った。実をつけるように」

「いいですね、オリーブの実は丸々としていておいしそうですから」

「キャンディみたいに甘くはないぞ」

「知ってますよ」

空に一羽《わ》の鳥が旋回《せんかい》し、ふたりが歩く姿を見守っている。

# エピローグ

――……。


「いや待て」

羽根ペンを口に添《そ》えたラフィレン・オルバートンが低く唸《うな》る。

「ここまできて、《晴れの魔女》と『黒公爵《くろこうしゃく》』がどうにもならないのはおかしいか？」

コーヒーカップに手を伸《の》ばし、口に運ぶ。陶器《とうき》製のカップが前歯にカツンとあたって、眉をよせた。からっぽだ。

「ん？　ない？」

いやいやいや、それより『黒公爵』はなにやってんだよ、《晴れの魔女》を抱《だ》きしめるくらいはしなきゃ……、と愚痴《ぐち》りながら、ラフィレンは新たなインクボトルを捻《ひね》って開ける。

「『ふたりは手を繋《つな》ぎ、手袋《てぶくろ》越《ご》しに伝わる感覚に心が満たされた。菓子《かし》を食べるでもない、本を読むでもない、ただ手を繋ぐという行為《こうい》がこんなにも愛《いと》おしい――』」

カリカリとなめらかに書き記されていく文章。ラフィレンは一心不乱に物語を進める。

「『ただ、この胸に芽生えた感情への答えは出せなかった。別れることがわかっているからだろうか……』」

うう、切ない……、とラフィレンがたれてくる洟《はな》をズズッとすすった。物語を書くときは完全に没頭《ぼっとう》してしまうタイプだ。自覚はある。

『黒公爵は自身がもうすぐ自領に戻《もど》ることを告げられない。《晴れの魔女《まじょ》》もまた、それを訊《たず》ねることはなかった』

そ、そんな……ふたりとも不器用すぎるだろ……、とラフィレンが洟を、ちん、とかんで、探《さぐ》るようにまた空のコーヒーカップに手を伸ばせば、

「坊《ぼ》っちゃま、今日はお城へ召されてるんじゃありませんでした？」

乳母《めのと》の声が廊下《ろうか》から聞こえて、「ん？」と顔をあげたラフィレン。机の上に置いていた懐中《かいちゅう》時計に目をやると、午後四時を回っていた。カチ、カチ、と音を立てる秒針。

王であるフレデポルトとの約束の時間は同じく午後四時。新作の検閲《けんえつ》に関《かか》わる話で、絶対に外せない席だった。

ラフィレンの顔が一気に青ざめる。

「ミ、ミモザ！　なぜ、もっと早くに呼ばない!?」

「ずっと声をかけておりました。わたくしだけでなく、ティラー様もミカエル様も……」

「兄様たちは!?」

「おあきれになって、もうずっとまえにお出かけになってしまいましたよ」

「なんてこった……！」

今日のフレデポルト王との面会の席は、面倒見《めんどうみ》のよい兄たちに泣きついて設けてもらったものだった。まずい……、と激しい焦燥感《しょうそうかん》に駆《か》られたラフィレン。全身に冷や汗《あせ》が吹《ふ》き出る。

王の許可なくしては、魔女を題材としたこの新作は発表できない。また、伯爵《はくしゃく》オルバートン家を守る兄たちの機嫌《きげん》を損《そこ》ねてしまっても、いまのような優雅《ゆうが》な執筆《しっぴつ》生活をつづけることはできないのだ。

俺としたことが！　とラフィレンはいきおいよく椅子《いす》から立ち上がった。机から離《はな》れようとして――その衝撃《しょうげき》でインクのボトルが倒《たお》れ、これまで書いた原稿《げんこう》の上に開けたばかりの黒インクがぶちまかれる。

「え……？　うぁっ⁉　うわぁあああああっ！　ウソだろっ⁉」

「ぼ、坊っちゃま、いかがされました？」

「インクっ！　インクがっ！　ミモザっ、なにか拭《ふ》くものをっ！　ああああああ、俺の原稿っ！」

俺の魂《たましい》の新作っ！　とラフィレンの絶叫《ぜっきょう》が屋敷《やしき》中に響《ひび》いて……机の上から溢《あふ》れたインクが、床《ゆか》の絨毯《じゅうたん》にまでしたたり落ちた。

王都エペは短い秋を迎《むか》えていた。

街路樹が黄色く色づき、歩く人々の装《よそお》いもあたたかみのある落ち着いた色合いが多くなる。


「ではどうぞ、道中、お気をつけて」

【作家ラフィレン・ペルニー、待望の新作が延期】との見出しがおどる新聞が出回る朝、グラウオール邸《てい》の正門前に馬車や荷車が何台も連なっていた。筆頭執事《しつじ》のシドウ以下使用人たちに見送られ、馬車がゆっくりと動きだす。

「灰公爵様が領地に帰られるんですね。春までお淋《さび》しいこと……」

道ゆく上品な老婦人が目を細めてつぶやき、落ち葉が散る石畳《いしだたみ》の通りを馬が闊歩《かっぽ》していく。

レオラートは客車のなかから窓の外を眺《なが》めていた。

高く澄んだ青空、丸く連なるひつじ雲。吹きこむ風は心地よく、黄色く染まった木々が目にまぶしい。

レオラートを乗せた馬車はまっすぐエクター領に――ではなく、一台だけ路《みち》を逸《そ》れ、郊《こう》外《がい》へ向かう。

しだいにガタガタと揺《ゆ》れる車内で、レオラートは同乗するザシャに目をやった。

「ザシャ、わざわざついてこなくても良かったんだが？」

「いえ、閣下おひとりで行かせるわけには参りません！」

どんぐり眼《まなこ》のザシャは背筋をピンと伸ばし、胸に手をあてた。いつぞやとはずいぶん心意気が違《ちが》うものだ、とレオラートは苦笑《くしょう》する。

そのまま馬車に揺られ、着いたのはリルの家。以前のあばら家とは違い、レオラートが手配した大工によって修繕《しゅうぜん》されていた。朽《く》ちていた木枠《きわく》の塀《へい》も直し、馬をつなげる馬止めの杭《くい》も設けた。風化によって剝《は》がれていた青い塗装《とそう》も塗《ぬ》り直し、屋根は雨漏《あまも》りしないよう葺《ふ》き替えられた。

「レオラート様？」

洗濯物《せんたくもの》を干そうとラタンのカゴを抱《かか》えたリルが庭先に姿を見せた。庭一面に咲《さ》き誇《ほこ》っていた白薔薇《しろばら》はすでに花を落とし、今は緑の枝葉だけとなっている。

「外に干すのか？」

「ええ、いいお天気ですし、秋は虫がつきにくいですから」

リルが庭木に紐《ひも》を張り、濡《ぬ》れた布を引っ掛《か》けていく。レオラートはリルの背をしばし見つめたあと――「いまから領地に帰る」と告げた。

「王都に戻って来るのは来年の春だ」

濡れた洗濯物を手にしながら、リルは動きを止める。

エレノアの手紙をロルフに手渡《てわた》した、あの日——

「……こんなにもいただけません」

リルは戸惑《とまど》いの声を上げていた。それもそのはず……グラウオール邸二階の一室にずらりと並べられた上質なドレス達。いずれもトルソーに飾《かざ》られ、靴《くつ》やストールなどの小物なども添えられている。これをすべてリルに、という話なのだが……。

「リル。それはクロコが君のために用意したんだ。受け取ってやれ」

いつもどおりの涼《すず》しげな様子のレオラートが口を開けば、

「旦那《だんな》様、嘘《うそ》をおっしゃってはいけません。ドレスメーカーに手配したのは私ですが、生地《きじ》から見立ててデザインも取り決めになったのは、すべて旦那様ではございませんか！」

と、敏腕《びんわん》メイドのクロコが高らかに宣言する。

「え……そ、それは……」とリルは視線をさまよわせ、

「以前、こちらで着せていただいた青のドレスもまだお返しできていないのに……」

消えいるように話せば、

「リル様、旦那様をどなただと心得ますか？　泣く子も黙《だま》るエクター公爵様であらせられ

ます」

婦人物のドレスの用意など百着でも二百着でもたやすいことにございますよ！　とクロコが短い人差し指を立てる。そして、ずずい、とリルに顔をよせ、

「私がこの屋敷に勤めて以来、このようなことは初めてでございますっ。旦那様が自ら女性のドレスを選ばれるなどということは……」と鼻息荒《あら》く喋《しゃべ》りだしたところ、

「クロコ、少し黙ってくれ」とレオラートがあいかわらずのトーンで遮《さえぎ》った。短く息を落とす。

「……もらってくれ。ロルフを捜《さが》しあててくれた礼に……それ以外にも。言葉では言い尽《つ》くせないほど君には世話になった」

ありがとう、とレオラートはリルの方を向き、丁重《ていちょう》に礼を述べた。

「そ、そんな……わたしの方こそ……」

一方、リルは困ったように眉尻《まゆじり》を下げる。もじもじと両手をこすり合わせ、悩《なや》ましげな色を滲《にじ》ませていると、クロコがリルの耳元で「……リル様がお受け取りにならないと、旦那様の面目が丸潰《まるつぶ》れでございます……」と悲しげにささやいた。

「王都中にその噂《うわさ》が広まってしまっては……旦那様がお可哀想《かわいそう》だと思いませんか……？」

と言い残し、そそくさと部屋を退出していく。

クロコの言葉に顔を青くさせたリル。思わず、レオラートを見上げた。灰色の眼はやさ

しくもあり、有無《うむ》を言わせない強さもある。

ひとしきり目を泳がせたリルは、おずおずとトルソーに飾られたドレスに手を伸《の》ばした。やわらかな生地で冬でもあたたかそうだ。

「……ありがとうございます。大事に着ます」と頰《ほお》を染める。

ドレスの色は黒だけではなく、青やネイビー、オレンジ、ピンクなど華《はな》やかな色合いのものも多かった。タータンチェックのような柄物《がらもの》や繊細《せんさい》な刺繡《ししゅう》が施《ほどこ》されているものもあって、「すごい」とリルが見入っていると、首元にひんやりとした気配を感じる。

「えっ？」

「意図せず、落としてしまって傷つくことがあるかもしれない。それでも悲しむ必要はない程度のものだ」

リルの首にレオラートは青い石がついたネックレスをつける。チェーンのホックをとめ、「失《な》くしても、泣かなくていいから」と念を押した。

秋空の下、庭先で洗濯物を干すリルの胸にはレオラートからもらったネックレスがあった。

透明度《とうめいど》の高いブルーアレクサンドラは、エクター領にある鉱山でのみ採掘《さいくつ》されている希少な石だと、対鏡《ついかがみ》で会話した《石の魔女《まじょ》マクシーネ》が言っていた。

女に宝石を贈《おく》る男は独占欲《どくせんよく》が強いとも、金をまきあげて捨てるには惜《お》しいほどイイ男だとも、ほかにもいろいろと話していたように思うが……いまのリルはそれどころではない。

「……」

レオラートがエクター領に帰ると聞き——リルは洗濯物を手にしたまま動けない。

いくらのんきなリルだって予想はしていた。墓参りのあとも、オリーブの苗木《なえぎ》を植え替《か》えているときも、スコーンとレモネードを持ってピクニックをしたときも。

レオラートはエクター公爵で、リルは魔女。

華やかな世界に暮らすレオラートと郊外にひっそりと暮らすリル。今回はたまたま縁《えん》があっただけで……リルは自身にそう言い聞かせて、夏の終わりを過ごしていたように思う。

どのような言葉で見送ればいいのか、リルは喉《のど》の奥になにかが詰《つ》まったようだった。

「いってらっしゃい」「お気をつけて」「お元気で」——ありふれた言葉が脳裏《のうり》を駆《か》けめぐるが、どれも声にはならない。

「さようなら」だけは言いたくなくて、リルは顎《あご》を引き、ぐっと口を引き結んでしまう。

「……」

リルがレオラートに背を向けたまま、押し黙っていると——土を踏《ふ》みしめる音がして、庭に落ちた枯《か》れ枝がパキッと割れる。

ダークグレーのコートに身を包んだレオラートがリルの真うしろに立った。黒の手袋《てぶくろ》をはめたまま、リルが手にしていた洗濯物をひらりと奪《うば》い、かわりに干す。重ならないよう、麻布《あさぬの》をひろげたところで、

「……君も一緒《いっしょ》に行くか？」

硬直《こうちょく》したリルの頭上でささやく。「え」と息を詰めたリルがふり返るまえに、腕《うで》を回し、レオラートはリルを抱《だ》きすくめた。

突然《とつぜん》の出来事にリルの心臓が飛び出しそうなほど跳《は》ねて——瞬《また》く間に空が暗くなる。耳に感じるレオラートの吐息《といき》。仄《ほの》かに漂《ただよ》うムスクの香《かお》りに目が回りそうだ。

「あ、の……」

「雷《かみなり》は落とさないでくれ」

「……だ、大丈夫《だいじょうぶ》だと……思いま……す……」

「それにしてはずいぶん空が暗い」

「っ……そ、それは……び、びっくりした、からで……」

リルは瞬《まばた》きを繰《く》り返し、ぎこちなくふり返ると——恥《は》ずかしそうにレオラートの胸に顔をうずめた。高鳴る胸が苦しい。けれど嬉《うれ》しい。不思議な心地《ここち》だった。

「い……いまから一緒には……行けませんけど……」

ほら洗濯しちゃったし……今朝、アンさんにもらった豆を大鍋《おおなべ》に炊《た》いたばかりで……、

とリルが声をふるわせれば、

「私は洗濯物《せんたくもの》や豆に負けるのか？」

レオラートがあきれたように息を落とし、

「そ、そういうわけでは……！」

リルがあわてふためいて、ますます空が厚い雲に覆《おお》われる。

「うそ、やだ、晴れて……」とリルが空を見上げると、リルを見下ろすレオラートと目があった。懐《なつ》かしさがこみあげる、あの灰色の眼だ。養護院の裏手の土手で初めてみたときに、吸いこまれそうだと思ったやさしい瞳《ひとみ》――

息をのんだリルが、「あの、」と呼びかけると、「……雨でもいい」とレオラートは静かに言った。

「雨が降ってもいい」

私は雨が好きだ、とつづけたレオラートの声を合図に霧雨《きりさめ》が降りはじめた。ふたりの肩《かた》を濡《ぬ》らし、色づいた庭木も木枠《きわく》の塀《へい》もうっすらと濡れる。

頬にあたる細かな雨を感じながら、リルは背伸《せの》びをして、レオラートになにかささやく
――白く立ちこめる霧と湿《しめ》った土の香り。リルの青い瞳は宝石のように澄《す》んで、金色の髪《かみ》が流れるように肩から落ちた。

「……――」

心地よい声が耳をくすぐり、レオラートはかすかに目を見張る。胸にひろがるあたたかな感情。はにかむようにふたりは微笑《ほほえ》みあった。

今日の雨は、きっとすぐに上がるだろう。

真新しい青い屋根の向こうには、透《す》きとおる虹《にじ》が架《か》かった。

# あとがき

このたびは『雨の魔女と灰公爵　～白薔薇が咲かないグラウォール邸の秘密～』を手に取ってくださり、ありがとうございます。

「魔法のiらんど大賞２０２２」で恋愛ファンタジー部門特別賞を受賞し、出版にいたるまで、まるで自分のことではないような夢見心地で作業をいたしました。

今回、あとがきを書くにあたって、設定とプロットを書き記したノートを久々に開いてみました。当初、主人公はレオラートのほうで、リルとは遠縁《とおえん》の関係、リルとアレクシアにいたっては実の親子という設定でした。

建国四人の魔女の姿もなく、レオラートとリル、ふたりだけのちいさな物語。でもたしかに物語の息吹《いぶき》を感じさせるなにかがあり、形にしようとパソコンに向かったことを思い出しました。

レオラートがリルに会いにいく――二〇二二年夏、猛暑がつづくなか、機織《はたお》りをするように少しずつ紡《つむ》いだ物語。読者のみなさまの心になにか残りましたら幸いです。

出版にあたり、ＷＥＢ版ではわかりづらかった建国祭の時間軸《じく》、リルが魔力をとりもどし、魔女として一人前に成長する過程、バルトルトをめぐるアレクシアとベアトリクスの過去のやりとりなど、たくさん加筆しました。

また、作画を担当されたすどう先生のイラストがとても素晴《すば》らしく、物語がなお一層、あざやかなものとなりました。可愛《かわい》らしいリル、優雅《ゆうが》なレオラート、個性的で迫力《はくりょく》のある四人の魔女たち——私の頭のなかのイメージをそのままに、生き生きとした姿を描《えが》いてくださり、本当に嬉しく思っています。

最後になりましたが物語の冒頭《ぼうとう》、ラフィレンの言葉を、私もこの作品に携《たずさ》わってくださったみなさまに贈《おく》りたいと思います。

——『すべてに感謝を』

吉倉史麻

「雨の魔女と灰公爵　～白薔薇が咲かないグラウオール邸の秘密～」の感想をお寄せください。
おたよりのあて先
〒102-8177　東京都千代田区富士見2-13-3
株式会社KADOKAWA　角川ビーンズ文庫編集部気付
「吉倉史麻」先生・「すどうみつき」先生
また、編集部へのご意見ご希望は、同じ住所で「ビーンズ文庫編集部」
までお寄せください。

# 雨《あめ》の魔女《まじょ》と灰公爵《はいこうしやく》

～白薔薇《しろばら》が咲《さ》かないグラウオール邸《てい》の秘密《ひみつ》～

吉倉史麻《よしくらしま》

角川ビーンズ文庫　23881

令和５年11月１日　初版発行

発行者――山下直久
発　行――株式会社KADOKAWA
〒102-8177　東京都千代田区富士見2-13-3
電話 0570-002-301（ナビダイヤル）
印刷所――株式会社暁印刷
製本所――本間製本株式会社
装幀者――micro fish



●お問い合わせ
https://www.kadokawa.co.jp/（「お問い合わせ」へお進みください）
※内容によっては、お答えできない場合があります。
※サポートは日本国内のみとさせていただきます。
※Japanese text only

ISBN978-4-04-114414-5 C0193 定価はカバーに表示してあります。
◇◇◇

23回
角川ビーンズ小説大賞
原稿募集中！
君の〝物語〟がここから始まる！
https://beans.kadokawa.co.jp
詳細は公式サイトでチェック!!!
【一般部門】&【テーマ部門】
賞金 大賞 100万円
優秀賞 30万円
他副賞
締切 3月31日
発表 9月発表（予定）
イラスト／紫　真依